O —

editora Urutau

rua do cajú, 478,
jardim das cerejeiras
06724-015
cotia-sp (brasil)

avenida peirao besada, 6 – 2D
36163 poio-pontevedra
(espanha)

[+351] 928053619 [portugal]
[+55] 11 95608 8983 [brasil]

www.editoraurutau.com.br
contato@editoraurutau.com.br

[EDITORA]
debora ribeiro rendelli
[REVISÃO]
juliana palermo
[PROJETO GRÁFICO]
wladimir vaz
[COORDENAÇÃO GRÁFICA]
tiago fabris rendelli
[DIAGRAMAÇÃO]
victor h. azevedo
[CAPA]
victor h. azevedo, sobre fotografia de dimosthenis chatzitheodor

dados internacionais de catalogação na publicação (CIP) de acordo com ISBD

Câmara, Rafael Sette
C173q Dos que vão morrer, aos mortos / Rafael Sette Câmara. - Cotia :
Urutau, 2023. 172 p. ; 14cm x 22cm.

ISBN: 978-65-5900-620-5

1. Literatura brasileira. 2. Prosa. I. Título.

CDD 869.985
2023-3628 CDU 869.0(81)

Elaborado por Vagner Rodolfo da Silva - CRB-8/9410

DOS QUE VÃO MORRER, AOS MORTOS

RAFAEL SETTE CÂMARA

[primeira edição]
URUTAU
dezembro de 2023

Para meus avós, Alexandre e Maura, que
me tornaram quem eu sou. Para meu pai,
Fernando, meus tios e tias e também minhas
irmãs, Fernanda e Ana Beatriz, que sofreram
tantas dores junto comigo. Para Luísa, meu
amor, meu alicerce e minha primeira leitora.
Para você, mãe. Mesmo sendo memória e
saudade há tantos anos, você é parte de mim.

O escritor baseia sua obra na vida, criando ou recriando fatos a partir da realidade. E passando impressões ao leitor, subjetivas ou não. Creio que ele tenha o direito de se inspirar onde quiser. Eu não tinha a intenção de causar polêmica, apenas de registrar fatos inacreditáveis e que certamente se perderiam com o tempo.
LAURA C. ALEIXO

Entramos no cemitério como quem penetra as imensidades.
PEDRO NAVA

A família é pois uma arrumação de móveis, soma
de linhas, volumes, superfícies. E são portas,
chaves, pratos, camas, embrulhos esquecidos,
também um corredor, e o espaço
entre o armário e a parede
onde se deposita certa porção de silêncio, traças e poeira,
que de longe em longe se remove... e insiste.
CARLOS DRUMMOND DE ANDRADE

— Ainda não temos um morto — ele disse. — A gente não é de um lugar enquanto não tem um morto enterrado nele.
GABRIEL GARCÍA MÁRQUEZ

1

Empoleirado num avestruz, eu acelerava na pista de terra batida. Cada solavanco da ave aumentava os efeitos da bebedeira da véspera, e eu era só arrependimento em cima de um bicho de quase dois metros e que pode alcançar até oitenta quilômetros por hora. O avestruz corria para lá e para cá, até que um homem o segurou.

— Desce, a corrida acabou — disse.

Perto do portão de madeira que limitava a pista de corrida, meus amigos cochichavam, enquanto a Betânia se aproximou oferecendo um abraço.

— É para você — falou o motorista da agência, e me entregou um telefone celular.

Do outro lado do planeta, um soluço seguido de silêncios trouxe meu pai.

— Filho, eu tenho uma notícia muito triste para te dar. É a sua mãe. Sua mãe morreu.

Eu estava em George, uma cidade turística da África do Sul que fica no meio do caminho entre Cidade do Cabo e Porto Elizabeth. Aquele era apenas o sexto dia de uma jornada que deveria durar trinta — as primeiras férias de verdade e minha estreia em viagens internacionais. Na véspera da partida eu saí do jornal onde trabalhava, em Belo Horizonte, e enchi um mochilão de 60 litros até o talo — empacotei muitas coisas úteis, mas também um arsenal de roupas que nem veria a luz do sol. Aos vinte e quatro anos, eu tinha pressa de conhecer o mundo.

Em 2010, a África do Sul se preparava para organizar a primeira Copa do Mundo do continente. O futebol faz parte da minha vida desde que meu pai me levou ao Independência pela primeira vez, num América e Atlético, em 93. Perdemos, xingamos o time adversário, mandamos o nosso à merda, e eu encontrei nos estádios uma paixão, a primeira. Quando descobri que o preço das passagens aéreas para Joanesburgo eram pagáveis — e que eu conseguiria participar do começo do torneio —, meu destino foi decidido.

Pensei em meu pai enquanto me segurava no avestruz. Ele gostaria daquilo. Não da cavalgada aviária, mas da viagem, dos jogos e da festa. Dono de uma mercearia num pequeno bairro de uma capital com cara de interior, o seu Rodrigo nunca teve dinheiro para o que ele chama de luxo. Tipo ir a um bom restaurante, passar uns dias na praia ou cruzar oceanos. O lazer dele sempre foi o futebol, a cervejinha com os amigos, os bares antes dos jogos e o clima de festa. Ou, como é comum com torcedores do América, de derrota e frustração e raiva. O estilo de vida de meu pai lhe rendeu uma barriguinha de chope, mas no restante eu e ele éramos cópias idênticas separadas por duas décadas de desgostos.

Como acontece com tantas crianças, o futebol foi o ponto em comum, a ligação parental definitiva, o único assunto disponível no almoço de domingo. Viu o atacante que o América tá trazendo, pai? Tomara, filho. Vai ser bom. A gente precisa de alguém assim, não temos ídolos de verdade desde 71. Aquele foi o melhor time que vi! Élcio, Misael, Vander, Café, Cláudio, Pedro Omar, Dirceu Alves, Hélio, Valtinho, Amauri Horta, Mérola, Dario Alegria e Jair Bala — escalava de memória, sem perceber que tinha falado nomes demais.

Eu adorava ler sobre outros lugares e assistia a filmes de culturas diferentes e com lindas paisagens, mas foi só quando estive face a face com o outro que percebi o tamanho do planeta. Notei isso ainda na sala de embarque internacional, o ambiente mais cosmopolita em que tinha pisado. Homens de turbante, mulheres de véu, sáris coloridos, mochileiros europeus, executivos árabes e japoneses... Torre de Babel de inglês, espanhol, mandarim, alemão e francês, muralhas caídas de uma Babilônia de cores e contrastes. Todo aeroporto é umbigo do mundo, conexão entre a terra natal e o próximo destino. Foi no aeroporto que conversei com minha mãe pela última vez. Se cuida, filhote. Não se arrisca, não faz nada perigoso e não bebe demais. Lembra de mim, que vou sobrar aqui, preocupada. Prometo, Dona Laura.

Também jornalista, naquele 2010 minha mãe tinha 47 anos. Cabelos que tocavam os ombros e começavam a grisalhar e um sorriso que esgotava o rosto. Após quase uma década de desemprego e prestes a desistir da carreira, ela se via resumida a uma vida de dona de casa na casa dos outros, ao morar de favor com minha avó.

Minha mãe e meu pai se casaram cedo. Entramos juntos, os três, na Igreja da Boa Viagem — eu na barriga de seis meses dela. Esse templo, lembrança de uma cidade mais antiga que Belo Horizonte, testemunhou incontáveis celebrações da nossa família, de casamentos a batismos, das missas de sétimo dia às de primeira comunhão. Encontros e desencontros divinos de várias gerações e sempre vigiados pelos olhos da padroeira dos viajantes.

Depois da minha mãe, falei com minha avó e ouvi os mesmos avisos alarmistas. De onde vem tanto medo de viver? Dizia Vô Olinto que é trauma e que a gente só dorme em paz até o primeiro dia em que algo dá errado. A vida esfrega na nossa cara que tudo pode acabar numa merda gigante, e a partir daí os dias se tornam ponteiros de um relógio até a próxima notícia ruim. Beijo, Vó Diva, estão me chamando para o embarque. Ligo para vocês da África.

Entrei por uma porta envidraçada, dessas que te forçam a olhar ao mesmo tempo para o que está à frente e o que se deixou para trás, e saí em outro planeta. Cidade do Cabo, montanha-mesa cercada por nuvens, praias de areia fina tomadas por pinguins e leões-marinhos, casas coloniais coloridas, museus, bondinho e mão-inglesa. Hostel, amizades de viagem que em duas horas parecem da vida toda, mas que vão desaparecer em poucos dias. Cerveja, conversa com a gringa, festa, beijos, mais cerveja, festa, vamos para o quarto, mas vai entrar gente, estão todos na boate, não tem ninguém aqui, vem logo, tira a roupa. Gozo rápido e sono no beliche apertado. No segundo dia, ainda exausto com o fuso e os excessos da noite anterior, acordei certo de que tinha conquistado o planeta. Tal qual Vasco da Gama, eu transformava o Cabo das Tormentas em Boa Esperança; vinte e quatro horas no exterior que valeram pelos vinte e quatro anos que eu tinha vivido até então.

Eu estava hospedado num dormitório de dez camas de um hostel na Long Street, a principal e mais turística rua da região. Por ali se espalham casas de arquitetura holandesa e britânica, herança dos colonizadores, que viraram livrarias, cafés, restaurantes, bares, boates e hotéis. Em meados de 2010, a Long Street era a capital do Mochilistão, esse país onde todos os moradores carregam a casa nas costas, em que há mais nacionalidades por metro quadrado que em reuniões da ONU, mas onde o dinheiro é sempre contado. Você precisa conhecer Bangkok. Dá para passar a vida inteira na Tailândia, disse Betânia, uma argentina de vinte e dois anos que estava no mesmo hostel. E eu ali, ainda embasbacado com o único pedaço de terra que conhecia além do meu quintal. Quero ver a Tailândia sim, Betânia, e Malásia, China, Índia e Japão. Europa, Argentina, Rússia e Estados Unidos. Hong Kong é cara, mas vale cada centavo. É encontro de mundos, nem China nem Inglaterra, um pouco de Rainha com um tanto de Mao Tse-Tung. Acho que você vai gostar, ela disse, enquanto mexia nos caracóis ruivos que cobriam os ombros. Entre uma cerveja e outra, a vida nunca tinha sido tão descomplicada, livre de um trabalho mecânico, copia e cola de notícias para o jornal, autômato humano rumo à aposentadoria.

O mundial começaria na semana seguinte, em Joanesburgo, e todo o país já estava entregue ao esporte. Multidões de vários cantos do globo coloriam as ruas com diferentes bandeiras. Nos bares, torcedores subiam em mesas, cadeiras, árvores e qualquer outra elevação que servisse de palco, para então cantar, quase estourando gargantas e ouvidos; barulhos nas mais diferentes línguas que mal saíam das cordas e formavam um som incompreensível.

Eu tinha ingressos para Uruguai e França, jogão no Cape Town Stadium, a arena no fim do oceano. Para aproveitar o tempo, fui convencido a fazer uma viagem rápida até George, voltando na semana da abertura da Copa, e foi assim que acabei no lombo de um avestruz.

Fui de ônibus com o Markus, um alemão que tinha conhecido no hostel, um casal de chilenos de cujos nomes já não me lembro e a Betânia. Até hoje não sei por que escolhemos George, que é uma cidade bonita, mas não das mais famosas da Garden Route, como é chamado esse trecho do país. Ficamos num albergue fora do centro, de onde partimos para conhecer as praias, curtindo o bater das ondas e conversando sobre a programação do dia seguinte. Planejamos visitar parques nacionais que guardam sítios arqueológicos e entrar em grutas gigantescas que são iluminadas com diversas cores e recebem apresentações de música sul-africana. Queríamos ver cachoeiras e as montanhas cobertas de fynbos, vegetação baixinha que lembra o cerrado e é muito comum nessa parte da África do Sul. Foi durante essa conversa que Markus sugeriu incluir no roteiro as fazendas de avestruzes, não sem resistência do restante do grupo. A Betânia argumentou que esse programa era cruel com os bichos, e eu questionei se não havia outro passeio mais interessante para encaixar no roteiro, mas o Markus acabou vencendo a discussão ao receber o apoio dos chilenos.

Embora não tenha sido uma das sedes da Copa, George fica no meio do caminho entre as duas cidades do sul do país que receberam jogos. Um sistema de ônibus transportava mochileiros e torcedores entre as nove cidades-sede, com direito a paradas no meio do caminho. Com isso, toda a rota entre Porto Elizabeth e Cidade do Cabo estava tomada por visitantes das mais diversas nacionalidades e idiomas. O clima de festa não era igual ao da Cidade do Cabo, mas também dava as caras por ali.

Do hostel eu consegui, pela primeira vez, fazer uma chamada de vídeo para minha família. Nessa época, smartphones eram incomuns, e quem estava na estrada só dava notícias a cada cinco ou seis dias. Como naquele sábado era aniversário do meu Tio Paulo, consegui ligar para minha irmã e falar com quase todo mundo. Contei da

Table Mountain, das belezas da Cidade do Cabo, do Oceano Índico e de tantas diferenças que borbulhavam ao meu redor.

A mãe não chegou em casa ainda, Mariana? Avisa que eu liguei e mandei um beijo.

Reforçados por outros viajantes que conhecemos em George, compramos várias garrafas de vinho barato sul-africano. O país produz vinhos desde as Grandes Navegações, quando navios paravam perto da Cidade do Cabo e aproveitavam para reabastecer os barris nas fazendas de colonos holandeses. Com poucos dólares, fizemos como os aventureiros do século XVIII e levamos dezenas de garrafas para a praia. Nesse ponto éramos dezesseis pessoas de oito nacionalidades diferentes, grupo com direito a pelo menos um representante de cada continente. Isolada da cidade por uma estrada de cinco quilômetros e cercada por muito verde, a pequena faixa de areia não se queixou da festa dos estrangeiros. Copos emborcados, música alta, nudez coletiva no banho de mar, fumaça, cacos de vidro, bitucas e lixo que recolhemos pouco antes da hora de ir embora. Encerramos a festa quando o sol surgia no horizonte. Voltamos andando para o hostel, tomamos café, e nosso grupo, já sem o acréscimo da véspera, seguiu insone para a van, que nos aguardava na rua.

O passeio começou nas grutas, seguiu por paisagens montanhosas e terminou comigo cavalgando o avestruz.

— Quando eu abrir a porteira, você se segura, porque ele vai correr muito — disse em inglês o guia da fazenda.

Do alto da ave, gracejei para os meus amigos, tentando reproduzir a pose altiva de um cavaleiro, olhar decidido, costas eretas, postura de guerreiro logo substituída por um agarrar tombado e sem jeito ao avestruz em disparada. Não faço ideia de quantos segundos me equilibrei ali. Às vezes, acho que estou lá até hoje.

2

— Como assim, pai? — balbuciei.

— Ela foi atropelada, filho. A polícia encontrou o corpo numa rodovia, em Divinópolis.

O corpo da minha mãe. Restos jogados ao lado de uma estrada, na vala de uma rodovia, membros frios ensanguentados, a gaveta do IML. Como minha mãe pode caber numa gaveta?

Meu pai e minha mãe tinham se divorciado há dezessete anos. Ele já estava casado outra vez, tinha uma nova família e não via minha mãe há pelo menos uma década. Anos de ausência não impediram o choro engasgado de quem ainda não acredita, como se, ao me dar a notícia, a estivesse recebendo de novo.

Sua mãe morreu. Como? Atropelada. Por quê? Vamos, temos que te levar para o hostel. Tem alguém que possa trocar sua passagem, para você voltar ao Brasil? Liga na recepção, faz uma reserva para Cape Town, tem que ser agora. Vem cá, me abraça.

Enfiei minhas coisas no mochilão. Sua mãe morreu. Me despedi da Betânia, do Markus e dos chilenos, semidesconhecidos que estavam participando de alguns dos momentos mais felizes da minha vida até serem atirados em tanta dor, sem escolha que não fosse me acolher. Nunca mais os vi. Sua mãe morreu. Entrei no ônibus que começaria a me levar para casa, minha barca de Caronte rumo ao mundo dos mortos. Chorei sem parar durante as cinco horas de viagem até a Cidade do Cabo. Às vezes discretamente, mas na maior parte do tempo sem me conter. Na minha cabeça, as palavras de meu pai eram sinos fúnebres ressoando toda a minha agonia. Sua mãe morreu. Sua mãe morreu. Sua mãe morreu. Era um banco triplo e apertado, e um casal, sentado ao meu lado e que vinha de Porto Elizabeth, tentava me consolar. O que você foi fazer em Divinópolis, mãe? Como assim, mãe? Sua mãe morreu. Eu não te liguei desde que cheguei aqui, só e-mails que você nunca respondeu e nem deve ter visto. Não te contei das belezas que vi, das alegrias que vivi e das descobertas que fiz. Meu Deus, como era sua voz? Não é possível que eu já esteja me esquecendo.

Eu viajava numa van cheia de jovens tão alegres e bêbados quanto eu estava algumas horas antes. Observando meu choro, os outros passageiros transformavam euforia em sussurro. Mas quando entramos na Cidade do Cabo, o céu tingido de magenta e a Table Mountain dominando a paisagem, o motorista colocou uma música de boas-vindas na caixa de som, e a excitação voltou para as conversas. É que muitos deles contemplavam a cidade pela primeira vez, vindos de outros cantos do país. O casal que viajava ao meu lado falou algo com o motorista, que parou a música. Meia hora depois estávamos na Long Street.

— Você já sabe onde vai ficar?

— Não, tenho que achar um quarto. Minha família deve trocar meu voo pra amanhã, mas ainda não sei. Não sei nada.

Agradeci ao casal que durante cinco horas me amparou. Não me lembro de seus nomes ou rostos e sequer sei de onde eram, mas penso neles desde então. Entrei no primeiro hotel que achei, sem me importar com o valor, e liguei pra casa. Meu voo tinha sido trocado para o começo da manhã seguinte. Eu faria conexão em Joanesburgo e em Guarulhos, onde precisaria mudar de aeroporto. De Congonhas, novo voo para Confins. Era uma segunda-feira, oito da noite. Eu só chegaria em casa na terça, também depois do anoitecer. Minha mãe tinha morrido no domingo. Eu não estava em casa para a morte e só então percebi que poderia não chegar para a despedida. Com mais esse medo, pedi que me esperassem.

Nunca fui de me lembrar dos sonhos, nem mesmo dos ruins. A exceção vem da infância, quando vez ou outra eu acordava com pesadelos terríveis, em que alguém de minha família, em geral meu pai ou minha mãe, morria de repente. O medo só não era maior que a sensação de alívio ao acordar e perceber, na penumbra, que aquilo só tinha acontecido na minha cabeça, que na realidade estávamos todos vivos, tão felizes quanto a vida permite. Naquela noite, o desfecho foi diferente. Como na infância, sonhei cenas horríveis, vi atropelamentos, faróis, estradas e um caixão. Acordei gritando e abracei o alívio ao despertar, mas aos poucos, à medida que não reconheci o quarto onde estava, a verdade me dominou. O único momento feliz de um enlutado é aquele segundo após abrir os olhos pela manhã, quando sonho e realidade se confundem. É terrível acordar e perceber, de novo: sua mãe morreu. A dor gera saudade do pesadelo.

Troquei de roupa, peguei minhas coisas e segui para o aeroporto. Fiz o check-in pouco antes do amanhecer, odiando todas as pessoas ao meu redor. No luto, a mera existência dos outros e de suas vidas normais vira uma ofensa. É ofensivo que eles falem, riam, se levantem, se sentem, comam, caminhem e pisquem seus olhos impassíveis. O avião todo era uma ofensa de pessoas que seguiam seus caminhos indecentes, enquanto eu só tinha força para querer morrer também.

— Tá balançando muito, isso é normal?

Não acho que aquela tenha sido a turbulência mais forte que enfrentei, mas tenho certeza de que meu medo de voar começou naquele dia. Medo de morrermos todos, pedacinhos de amor, ódio, saudade e sonhos no meio do Atlântico. Não era o que eu queria? Minha família tentando enterrar minha mãe, e eu virando poeira, carne queimada e comida de tubarão. Um desaparecimento sem velório, sem gaveta de IML. Após anos afastado da fé, foi dentro do avião que voltei a orar, misturando raiva e fervor; promessas e descrença. Até hoje, é só dentro do avião que me reencontro com o Deus de minha mãe, olhos fechados e lábios que imploram proteção ao mesmo tempo em que lanço o pé esticado em busca de um freio imaginário e quase arranco pedaços do encosto de braço. O García Márquez dizia que o medo de avião é o único que o homem latino-americano assume, até com um certo orgulho machista. Acrescento outro, algo que também adquiri naquela viagem: o do telefone que toca. O efeito é ruim a qualquer hora do dia, mas gera pavor se vem tarde da noite ou se estou longe de casa.

Desembarquei em Guarulhos e liguei para a Mariana enquanto pegava um táxi até Congonhas. Por que a mamãe estava em Divinópolis? Ela estava fazendo almoço no sábado, Rafa. Tocou o telefone, eu atendi, era pra ela, um homem. Ela pegou o telefone, conversou uns segundos, voltou pra cozinha e disse: você termina o almoço, filhinha? É só ficar de olho no arroz. Eu briguei, reclamei. Agora, mãe? Vai aonde? Ela não respondeu, sumiu. A Vó Diva falou que ela pediu cinquenta reais antes de ir. Domingo à noite, o telefone tocou, era a polícia, e só o que sabiam dizer é que ela foi achada morta, numa estrada de Divinópolis, com cinquenta reais na bolsa.

Fez almoço, atendeu o telefone, pediu dinheiro, saiu para morrer. Trinta e seis horas depois, em outra cidade, numa rodovia. Ao desembarcar em Confins, dei de cara com minha família: Tio Paulo, Mariana, Vó Diva e meu pai. Seis mil e setecentos quilômetros depois, esvaziamos o peito juntos. A última vez que falei com minha mãe foi naquele aeroporto, e também foi ali que o velório dela começou, nos separando para sempre. Umbigo do mundo, ou só o meu?

Na manhã seguinte, acordei com pancadas e repiques: sua mãe morreu. Vesti meu melhor terno, coloquei uma gravata preta e segui para o cemitério. Não sei por que terno num velório. Achei que merecia, afinal, é roupa para grandes ocasiões. Fui de carro, com Tio Paulo, Vó Diva e Mariana. A Praça Sete tinha trânsito intenso, pessoas andando por todos os lados, formigueiro humano alheio à dor de tantos. Bandeirinhas do Brasil nos carros e buzinas frenéticas indicavam que no dia seguinte teria jogo da seleção.

Um dia de festa, churrasco bissexto que brasileiro ama, evento que transforma dia útil em feriado.

Passamos pela rodoviária, entramos no viaduto que corta o Rio Arrudas, subimos para o Bonfim. Meu tio parou o carro em frente ao pórtico de um cemitério que é tão velho quanto a cidade. No alto da estrutura há uma inscrição em latim: *Moritvri Mortivis*, e daquele dia em diante essas palavras nunca saíram de mim.

Dei os braços para minha família, juntando os nossos pedaços. Entramos na área dos velórios, passos lentos em direção ao fim, passos medrosos em direção à mãe que morreu. Ao pisarmos na câmara-ardente, todos os presentes olharam para a entrada.

Qual é o dela? Aquele. Caixão branco fechado. Tio, não podemos vê-la? Para abraçar, beijar? Cadê minha mãe, como eu sei que ela está aí, que tudo não passa de um engano, que não há outra pessoa lá dentro? Você precisa entender, ele respondeu, com olhos já cansados de tanto chorar. O corpo dela sofreu muito. Não dá para abrir. Se vocês quiserem, o caixão tem aberturas nas mãos. Mas eu não quis, tive medo.

Vó Diva não saiu mais do lado do caixão. Vovó, me dá um abraço, eu disse, tentando consolar a mãe que perdera a filha ao mesmo tempo em que exigia o colo materno que me restava. Por que isso aconteceu, meu filho? A gente brigava, mas ela estava bem, com planos, projetos. Saiu e não voltou. O que eu faço agora, oitenta anos e tendo que enterrar a filha mais nova? Eu que deveria estar ali, agora vocês ficam sem mãe. Mas você ficou, vó! Vai ter que aguentar, ser feliz com a gente. Quer um copo d'água?

Meu pai chegou, e logo vieram outros parentes, e também o Pedro, meu amigo de infância, e vários jornalistas da firma, entre eles meu chefe, o Henrique, acompanhado da Gabriela. Sabe, enterrar a mãe já é terrível, mas tantas perguntas pioram a situação. O que aconteceu? Foi um acidente? Atropelada onde? O que ela estava fazendo lá, tão tarde? A notícia da morte nunca é suficiente e impõe explicações, mesmo que as respostas não façam diferença.

Por trás da curiosidade e para além da empatia, há medo: o que eu preciso fazer para não morrer assim? Onde foi que você errou, para que eu consiga proteger a minha mãe?

Você decidiu se vai ter missa, Rafa? Ela não era católica, Tio Paulo, acho melhor não. Mas por sua vó, pelos outros. Pode ser importante, pensa bem. Tem que ser missa católica, claro, sua avó morre se aquele pastor aparecer aqui. Padre Fernando encomendava a alma de minha mãe, que por dezessete anos garantiu que todos os padres queimariam no inferno. Ela entrou para a igreja evangélica logo depois do divórcio, e eu e a Mariana também chegamos a frequentar os cultos, mas deixamos a religião de lado quando a adolescência mandou. A culpa cristã e uma certa fé permaneceram em mim, mas sem a igreja. No velório, reconheci os rostos de outros evangélicos, as poucas amizades que minha mãe levou até o fim da vida. Quando começou a cerimônia, esse grupo se afastou, aguardando que o padre encerrasse suas palavras.

Assim que o velório acabou, percebi que até aquele momento de presença fúnebre me faria falta. Pelo menos, ela estava lá comigo — é o que disseram, já que ver eu não vi. Logo chegaram os carregadores, e o carrinho funerário foi puxado; eu e minha irmã íamos na frente, Tio Paulo logo atrás, servindo de muleta para Vó Diva. Seguimos pela rua principal até chegarmos ao túmulo da família, ossos, restos de vida e memória desde o tempo de meu bisavô, morto sete décadas antes. O meu avô também já descansava ali há alguns anos. Você se lembra do tanto que sofreu, mãe? Da depressão que enfrentou quando perdeu seu pai? É assim que você me deixou.

O mausoléu é simples, mas amplo. A pedra negra é cercada por canteiros de flores, ainda que nada brote ali. No centro da tumba há o nome da família gravado em letras cursivas, metálicas e indiferentes. Logo abaixo delas, dois epitáfios: uma frase de Manuel Bandeira e que foi escolhida por causa da morte de meu bisavô, que chegou ao Bonfim ao se livrar de tanta tosse e sangue e medo: “A vida inteira que poderia ter sido e que não foi”. Não foi por muito pouco, afinal a estreptomicina surgiu meses após sua derrota para a tuberculose. O outro lamento, acrescentado quarenta anos depois e quando o túmulo já era uma aldeia inteira, é de Pedro Nava: "Uma imensidade".

Tiramos o caixão do carrinho, e a tumba foi aberta. Última despedida, último choro ao lado dela. Os dois coveiros começaram a colocar o caixão em seu lugar, no mausoléu que já guardava pelo menos trinta vidas. Pela abertura, vi seis prateleiras, quatro delas ocupadas. Quem eram os tios-avós sepultados, os primos distantes que morreram e eu só soube por notícias atrasadas, dias depois do velório? Será que me cabe ali? Qual era o caixão do meu avô? Ou será que o dele já tinha sido aberto, exumado para dar lugar para outra morte? Vovô transformado em ossos, em poeira humana que descansa em pequenas urnas metálicas na parede do mausoléu.

Um dos coveiros entrou na tumba, para receber o caixão. O outro, usando uma corda, começou a levar minha mãe para dentro da pedra gelada, banquete servido para vermes famintos. Um telefone tocou. Alô! — atendeu dentro do mausoléu. O homem equilibrava o telefone com o pescoço, entre o ombro e a orelha, e conversava enquanto acomodava o caixão na prateleira, descanso temporário até que minha mãe fosse pra caixa de metal, eternidade encostada na parede. Não, pode falar, o sinal deve estar fraco porque o lugar é fechado, mas tô te ouvindo, sim! Ele até baixou o tom de voz, mas se despediu sem pressa. Disse te ligo, vamos conversar mais tarde, agora não dá, tomamos uma cervejinha amanhã, na hora do jogo. O sepultador saiu do mausoléu e recolocou, com o auxílio do colega, a pedra no lugar, vedando a abertura que leva ao subsolo. Acabou. Fomos embora, vazios de mãe, eu e Mariana abraçados.

O sol se punha escarlate. À nossa frente, a Serra do Curral emoldurava os arranha-céus que escalam a montanha. No alto da Avenida Afonso Pena, prédios modernos e espelhados refletiam o fim do dia, que termina na ponta oposta de Belo Horizonte. A avenida desce reta, quatro quilômetros de asfalto que cortam o centro da cidade de norte a sul, artéria lotada de pessoas voltando para suas casas. Observávamos a cidade planejada dos vivos, em frente, com seu ruído constante e cortante, até que o concreto dos prédios é substituído por cruzes, anjos retorcidos e Cristo crucificado no mármore. Não uma, não duas, mas centenas de vezes. Incontáveis Cristos agonizam eternamente em incontáveis túmulos, alguns novos e floridos, indicando mortes recentes e ainda choradas. Outros velhos e abandonados, provas de que até a morte em seu símbolo máximo, a sepultura, envelhece. As silhuetas de milhares de tumbas eram iluminadas pelo fim do dia, mausoléus tão grandes que pareciam casas, a cúpula da capela transformada em catedral. O município planejado dos mortos. Trezentas e cinquenta mil pessoas em sono eterno e divididas em quarteirões idênticos e de ruas largas e arborizadas, a morte reta e simétrica. Das árvores vinha o canto das maritacas que se preparavam para dormir, uma algazarra que se sobrepunha ao barulho distante do trânsito. Foi o pôr do sol mais bonito que já vi.

3

Belo Horizonte, 15 de dezembro de 1979

Querida Rosângela, que saudade!

Acho as suas cartas divertidíssimas. Você tem um jeito engraçado de contar as coisas, sinto sua alegria daqui. Espero que chegue logo o dia da viagem, para que possamos nos reencontrar, nos abraçar, depois de tantos anos de correspondência.

Sobre o fim do seu triângulo amoroso, fico feliz que você se decidiu, e que você e o Tiago agora estão bem, brigando menos, que ele está mais carinhoso. Que bom, prima! Nem conheço ele, mas torço por vocês. Já são o quê? Três anos de namoro, né? Isso aí ainda vai dar em casamento, afinal vocês se conhecem desde os treze, ele já faz parte da sua família, se dá bem com todo mundo. Me chama pro casório, tá? Pode apostar que eu vou e até arrasto a minha mãe, dessa ela não escapa!

Sobre a viagem, o ônibus parte de Belo Horizonte na noite do dia 26, logo depois do Natal. Mas será longa: um dia e meio na estrada. Nem acredito que vou viajar. Ver o Brasil, cruzar Minas Gerais, Bahia, Sergipe e Alagoas; entrar no seu querido Pernambuco. Claro, só vou ver esses lugares da janela, mas já é alguma coisa, melhor que nada. Sentir a estrada, conhecer a vastidão do mundo. Uma daquelas viagens sobre as quais a gente conversou quando se conheceu, ainda crianças, quando você e sua família vieram nos visitar pela primeira vez, lembra?

Você já viajou tanto com seus pais, Rô. Esteve no Rio, conhece as minhas Minas Gerais melhor que eu, também o Nordeste, onde as coisas são mais próximas umas das outras e as capitais vizinhas estão logo ali, na esquina. Eu não, vai ser minha primeira passagem por outro estado, acredita? Não vejo a hora e tenho uma fome imensa de viver, você sabe. Uma fome imensa de ser feliz.

Será que você e a tia Cota me buscam na rodoviária? Chego perto do meio-dia, no dia 28, mas se não tiver atraso. Provavelmente vai ter, são dois mil quilômetros! Sorte a sua, que veio de avião. Mas aí não viu as cidades no meio do caminho, né? Será que eu vou ver Salvador, as praias, o Pelourinho? O percurso do ônibus inclui a cidade, tenho certeza, mas não sei se passa dentro dela.

Quero também conhecer todos os lugares que você citou em sua última carta. Os prédios históricos do Recife Antigo, as praias, as praças, os rios, os parques... A Igreja da Boa Viagem! Você sabe que aqui em BH tem uma também? Nossa Senhora da Boa Viagem, a padroeira dos viajantes.

Fiz as malas há dias. Minha mãe diz que eu não aguento mais a espera, a vontade de viajar. Falou que vou até pular o Natal, entrar logo no Ano-Novo, no verão de 1980. Tive que esperar tanto tempo, acabar o ano escolar, juntar o dinheiro de meses, as gorjetas da lanchonete...

Acho que minha mãe também quer ir. Fico com pena e até chamei ela para me acompanhar. Minha mãe merece férias, já tem mais de vinte anos que ela viajou pela última vez. Mas ela não iria sem o meu pai de jeito nenhum, e ele não consegue tirar férias agora. Nem nunca, não lembro a última vez que ele esteve de férias. Só viaja a trabalho, nas escavações da universidade, com os alunos dele. Viaja demais. Às vezes passa meses fora de casa em busca de sítios arqueológicos. Ele atrás de fósseis, e a mãe sozinha, cuidando das nossas vidas. Eu falo que é um absurdo, mas ela só diz que é assim mesmo, que o homem tem que trabalhar, trazer o pão. Já avisei: comigo não vai ser assim não, viu?! Quem vai cair na estrada sou eu, o marido se quiser que me acompanhe, seja ele quem for. E se for alguém, porque se bobear fico sozinha e feliz. Ela dá risada, diz que eu não existo. Logo eu, que transbordo em existência.

O Paulo também tá com inveja da minha viagem, mandou um abraço para você e para os tios. Ele queria muito ir, não conhece o Nordeste. A única viagem que ele fez foi pro Rio, no ano passado, com uns amigos de faculdade, mas ele começou no trabalho este ano, primeiro emprego desde a formatura, então não pode ir. Você sabe que ele se formou em Engenharia, né? Está estagiando numa construtora. O meu irmão vai ser um grande engenheiro. Que orgulho dele!

Eu também não vejo a hora de entrar para a faculdade. Tá quase, logo presto vestibular. Resolvi que vou mesmo tentar Jornalismo. Já imaginou? Ser correspondente internacional, viver viajando. Conhecer Tóquio, Nova York, Xangai, Buenos Aires... Contar histórias de cada cantinho do planeta. Um sonho! Você vai mesmo ser bióloga, prima? Deve ser uma carreira linda, e será incrível entrar em mais essa fase junto com você, começar a vida adulta.

Agora as minhas notícias de verdade, prepare-se. Tchan, tchan, tchan: terminei com o Rodrigo. Eu sei, de novo. Sou muito doidinha, né? Mas dessa vez é definitivo, acabou, chega. A gente se dá bem, mas queremos coisas muito diferentes da vida. Quer dizer: ele não sabe o que quer. Não tem planos, não tem sonhos, só vai vivendo, sempre cheio de ciúme, isso já deu, encheu. Odeio quando ele tem aquelas crises, me faz passar vergonha na frente dos amigos, da família, me chama por aqueles nomes super "queridos", super "amáveis". Não sou fácil, tenho meus defeitos, mas basta. Eu até cheguei ele no cantão, propus uma conversa aberta, para que a gente se entendesse, mas não adiantou. As pessoas vivem em confronto consigo mesmas, sabem o que lhes faz bem e vão buscar a direção oposta. Então terminei mesmo, falei pra ele não me ligar mais e tô aí, solteira.

Não conheço nada mais nocivo que o amor. Não há. Quem ama está em desequilíbrio espiritual e até fisiológico, porque o metabolismo do corpo muda, a pressão sanguínea muda, a adrenalina oscila, o apetite, o sono, tudo desregulado.

Vou tentar te ligar da estrada, tá? Agora vou indo, lembranças para sua mãe e seu pai. Avisa que eu tô chegando!

Beijão pra você, da sua prima

Laura.

4

Com a respiração acelerada e gotas de suor escorrendo da testa, eu subia o Tobogã da Contorno. Essa avenida, que é plana ao passar pela Savassi, sobe abruptamente pouco antes do cruzamento com a Rua Ceará. O morro consome três quarteirões até chegar ao pico, a Praça Milton Campos. Bem no meio dessa colina, ficava a casa de meus avós, o lar onde minha mãe viveu toda a sua vida, tirando os anos em que foi casada com meu pai.

Belo Horizonte tem morros mais íngremes, mas não num ponto tão importante da cidade, o que faz do Tobogã da Contorno um marco. Se subi-lo a pé exige força nas panturrilhas, acelerar o carro montanha abaixo garante o frio na barriga, o que gerou o apelido de Tobogã. Dá para dividir o morro em três partes, as quedas de uma cascata de asfalto. No meio da segunda descida, surgem alguns metros de planície seguidos por um trecho de leve elevação. Depois, novo mergulho, pouca coisa, mas o suficiente para fazer desse ponto da avenida uma espécie de rampa de voo livre para carros e motos. Em busca de adrenalina, de ação em meio ao tédio das noites de sexta, por décadas os belo-horizontinos aceleraram no alto do morro, que era percorrido a mais de cem, cento e cinquenta quilômetros por hora. Foram tantos pegas, rachas, acidentes e mortes que, no fim dos anos 1990, o governo colocou um radar no meio da descida. Assim acabou a brincadeira, mas o ar sombrio permaneceu. Muitos moradores ainda se lembram de cada uma das mortes, dos carros revirados, das explosões, dos vários motoristas bêbados que morreram ali, depois que seus veículos, que tinham levantado voo no meio do morro, não conseguiram aterrissar. Morar no Tobogã significava estar acostumado com as sirenes dos bombeiros e com os gritos da madrugada.

Quando meus avós compraram a casa, nos anos 1950, não era assim. A cidade acabava na Savassi. Ao levar minha avó para conhecer a nova moradia, Vô Olinto pediu desculpas por não ter dinheiro para bancar uma casa dentro de Belo Horizonte. Hoje, com o Tobogã tomado por arranha-céus e a menos de quinhentos metros da região mais cara da cidade, a história soa inacreditável.

Tio Paulo me ligou dez dias após o enterro. Rafa, precisamos conversar sobre o que ocorreu com sua mãe. Por que você não me encontra na casa da vó? O que foi, tio? Descobriu alguma coisa? Te conto lá, é melhor. Vou combinar com a Mari também, temos decisões importantes para tomar, ele disse, me deixando preocupado: que decisão importante ainda nos restava quando minha mãe já virava terra no Bonfim?

Desci do ônibus 2004 na Avenida Cristóvão Colombo e caminhei até a casa. Três janelas, todas gradeadas. A parede coberta pela hera, que avançou, paciente, deixando tudo verde, e só dava folga no portão cinza. Portão que passou anos destrancado e produzindo um som enferrujado a cada abertura. Nas duas pontas da garagem, bancos de concreto, que na infância eu, vizinhos e amigos fazíamos de traves, para o futebol de todos os domingos. Abaixo das três janelas e só visível de dentro, outra, a do porão. No canto esquerdo da casa, uma escada. Degraus de pedra até a porta de entrada. Porta que por três gerações se abriu para a mesma família, que recebeu as mesmas pessoas e sobreviveu a várias delas, como se só elas, a porta e a casa, pudessem permanecer. Abrir a porta era reforçar a presença da ausência: ao não estar ali, minha mãe estava. Eu a vi na janela, acenando para mim, como tinha feito tantas vezes, e na cozinha, preparando o almoço. Ou no quarto, lendo a Bíblia e orando, de joelhos, e se levantando rapidamente ao ser surpreendida quando eu entrava sem aviso. Eu vi minha mãe ao não a ver onde ela sempre esteve, como se a casa, os objetos e os móveis que ela tanto tocou fossem nossa última chance de contato.

Vó Diva abriu a porta, me abraçou antes do oi, e ficamos na beira da escada, com meu rosto envolvido por seus ombros prateados. Vovó tinha cheiro de café da tarde; de broa de fubá, pão de queijo saindo do forno e biscoito de polvilho. O mesmo rosto largo de minha mãe, os mesmos olhos avelã que se repetiam também em minha irmã. As três mulheres da minha família eram quase idênticas. Numa cômoda, que ficava na sala e de frente para um grande espelho com moldura de carvalho, qualquer pessoa perceberia que o padrão vinha de longe: uma fotografia em preto e branco de minha bisavó, tirada há oitenta anos, mostrava uma mulher com traços parecidos. Um único olhar melancólico passado adiante, geração a geração.

Vó Diva enxugou o sofrimento com os dedos, e entramos na sala devagarzinho, com ela se apoiando em mim. Desculpa, meu filho. Pelo que, vó? Que culpa você tem? Eu não sei, a gente brigava tanto, não se dava bem há anos. Sua mãe me culpava.

Quando Mariana chegou, nos tornamos um abraço coletivo. Tio Paulo apareceu só uma hora depois, com o café já no fim e apenas três pães de queijo frios na mesinha em frente ao sofá. Para nossa surpresa, ele chegou com um homem magro e careca, na casa dos setenta anos. O visitante vestia uma camisa social para dentro da calça jeans e andava com um maço de cigarros no bolso da frente, próximo ao coração. Ele entrou sem nos olhar, enquanto conversava baixinho com meu tio. Distribuiu cartões de visita como se fossem apertos de mão e se sentou na poltrona sem pedir licença. Li o cartão para descobrir quem era.

Oliveira

Detetive Particular e Policial Militar aposentado

Escritório na Avenida Afonso Pena, 867, sala 701 — Edifício Acaiaca

No verso, dois números de telefone e uma lista de serviços: espionagem, coleta de provas para advogados, rastreamento e localização de pessoas e investigação conjugal — descubra a traição! Guardei o cartão enquanto meu tio explicava o motivo daquele encontro.

— Eu nunca vi nada igual. Nunca vou esquecer, é impossível — disse meu tio. A polícia encerrou a investigação porque a perícia mostrou que não houve lançamento do corpo. Vocês entendem? O impacto causou um prensamento.

— Como assim? — perguntou Mariana.

— Ela já estava deitada na estrada quando foi atingida pelo veículo — disse o detetive, tirando um cigarro do bolso.

Minha mãe deitada na estrada. Faróis que se aproximam em alta velocidade, buzinas, um carro que só desvia segundos antes do impacto, invadindo a contramão, um motoqueiro que grita e um caminhão que não consegue parar, rodas que esmagam e trituram ossos, carnes e órgãos. Vida prensada no asfalto, recolhida do esmagamento com pás, como se animal fosse, como se até animal já tivesse deixado de ser, menos que um gato atropelado numa rodovia, restos, pedaços, sangue banhando a terra, limpeza feita com um jato d'água. O sangue da minha mãe empurrado para o ralo, se entranhando na terra vermelha, naquele mesmo chão de onde eu tentava me reerguer.

Cruzei meus braços em autoabraço.

— Mas então foi suicídio? — perguntei.

— Talvez sim — explicou Oliveira. — É como a polícia encarou a questão, encerrando o caso. Mas ela também pode ter sido colocada deitada na estrada. Pode ter sido dopada ou até mesmo deitada já morta. Só que para a polícia essas hipóteses não importam, mesmo que existam perguntas sem resposta — completou.

Com o cigarro apagado na boca, Oliveira tateava o bolso em busca do isqueiro e estava prestes a violar uma regra pétrea de Vó Diva: nem Vô Olinto tinha ousado fumar ali.

— O telefonema na hora do almoço — ele continuou. — Quem ligou? Por que ela saiu de repente, deixando as panelas no fogo? Com quem ela foi se encontrar? O que ela fez nas trinta e seis horas que separam o telefonema da hora da morte? — concluiu, no momento em que encontrou o isqueiro.

Concordei com os questionamentos e acrescentei mais alguns. Por que ela foi para outra cidade, a cento e trinta quilômetros de casa? Como chegou lá sem gastar um real sequer, já que o dinheiro que ela pediu para minha vó ainda estava na bolsa quando o corpo foi encontrado? Minha mãe não tinha cartão de banco ou telefone celular, reflexos da vida monástica que ela teve assim que entrou para a igreja. Prestes a acender o cigarro, Oliveira acrescentou que o primeiro passo era achar o autor do telefonema.

— Tem como descobrir se ela foi assassinada? — perguntou minha irmã, com olhar fixo no isqueiro. Vó Diva, sentada no canto do sofá de três lugares, ouvia a conversa de olhos fechados.

— Sim — disse o Oliveira. — Se ela foi dopada, isso pode aparecer no exame toxicológico, e há técnicas para saber se ela já estava morta antes do impacto. O corpo dela estava muito mutilado, em mil pedaços, mas é possível descobrir — Vó Diva abriu os olhos e encarou o detetive, enquanto eu e minha irmã apertávamos suas mãos.

Oliveira largou o isqueiro na mesinha e se levantou.

— Todo cadáver tem uma assinatura com a hora da morte — disse, com o cigarro apagado entre os dedos. Ele explicou que a polícia consegue determinar há quanto tempo uma pessoa está morta e que logo depois da morte começa a vida: milhões de bactérias escapam do intestino. Após algumas horas, o corpo muda de cor, e começam a surgir bolhas na pele. Gases e líquidos vazam do cadáver, seja por cortes, seja pelo ânus, e tudo isso deixa rastros que podem ser detectados por um médico legista.

Forçado a imaginar o apodrecimento de minha mãe, exigi que o detetive parasse com aquilo. Vó Diva começou a chorar, enquanto

Mariana olhava firme para Tio Paulo. Oliveira guardou o cigarro no maço e abandonou o tom professoral, mas concluiu a explicação.

— O auge da decomposição ocorre duas semanas após a morte, mas ela começa assim que o coração para de bater. Se a mãe de vocês estava morta há uma ou duas horas, e só depois foi colocada naquela estrada, é possível descobrir isso. E ainda tem o *livor mortis* — disse, esperando a pergunta.

— O que é isso? — perguntei, já arrependido.

— Manchas causadas pela gravidade. Quando a circulação para, o sangue se acumula nas partes baixas do corpo, e isso indica sua posição na hora da morte. Vamos supor que alguém matou a mãe de vocês. Um homem, esse que telefonou para ela, a estrangulou. E ela ficou uma hora, duas, jogada ali, enquanto o assassino pensava o que fazer, planejava como se livrar do corpo e da culpa. Essas manchas indicam a posição exata em que o corpo caiu e se ele foi movido após a morte.

— Se há tantas formas de desvendar uma morte, por que a polícia já determinou que foi suicídio? Muitos desses exames ainda nem tiveram resultado, não é? — questionei.

— O toxicológico ainda não saiu. Isso é inesperado, mas não raro. Eles alegam falta de material para concluir o exame. O laudo do médico legista não é detalhado e poderia ter sido melhor. Bem melhor. A questão é que a polícia fechou o caso de cara, não quis se incomodar. A morta tinha carta de adeus, e para eles isso foi suficiente.

— Carta? Que carta? Como assim só agora você fala nisso? — perguntou minha irmã.

Tio Paulo tinha se levantado e andava de um lado para o outro em silêncio. De volta à poltrona e com as pernas cruzadas, Oliveira retirou o maço de cigarros do bolso e lançou o corpo para frente, em busca da mesinha. Pulei de pé e alcancei o isqueiro antes dele.

— Se tem carta, o que mais importa? Decomposição, minha mãe aos pedaços, bactérias e líquidos expelidos pelo cu? Puta que pariu, se tem carta, por que diabos você vem aqui jogar na nossa cara essa descrição de merda?

— Eu contratei o Oliveira sabendo da carta. A questão é que não me convenci com ela — interveio o Tio Paulo. — Sim, essa carta estava com a Laura, naquela bolsa vermelha que ela carregava sempre, junto com a carteira de identidade, uma nota de cinquenta reais, uma Bíblia velha cheia de anotações e mais um monte de papéis. A carta é real, a letra é dela, mas...

— Você tem a carta aí, tio? — perguntou minha irmã.

— Não, ela é parte do processo, e a polícia não quis liberar. A carta fala de vocês, pede perdão, se despede, implora para que vocês não se esqueçam dela. Só que não era uma carta de suicídio. Ela não dizia que ia se matar, mas que ia ser morta, e dava até nome aos assassinos: eu e sua avó — disse, completando a frase num tom mais baixo que o restante.

Vó Diva, que estava chorando calada e com o olhar nas fotografias da família, desatou a falar.

— Eu nunca entendi essa cisma dela com a gente, essa paranoia, não sei como isso começou. Quer dizer, sei: foi a igreja. Desde que ela entrou para essa seita, o inferno teve início. Seu avô avisava, tentou impedir, mas ela sofreu uma lavagem cerebral, jogaram a Laura contra a gente. Você aceita isso, filho? Sua irmã acreditar que a gente poderia fazer uma coisa dessas? Eu vou lá nesse pastor, vou tirar satisfação, falar com aquela amiga maldita dela, essa que vocês chamam de tia e que levou minha filha para longe de mim. Já reclamei, já pedi para eles não mexerem com os meus netos, mas nunca adiantou. Minha família é católica apostólica romana, sempre foi assim e sempre vai ser. Meu pai era católico, minha mãe, meus avós, meu marido, meus filhos são católicos, e meus netos também. Vocês foram batizados, não foram? Como que podem vir aqui, aproveitam um momento de fragilidade e roubam a alma dela pra esse antro, essa corja de demônios? Acabaram com a minha vida e com a minha família em troca de dinheiro, porque ela largava tudo lá. Tinha diploma, mas não conseguia trabalhar porque a igreja não deixava. Vocês sabem! Eu vou lá nesse pastor de novo, ele ainda teve coragem de aparecer no velório. Ainda bem que não foi falar comigo... Mas ele vai ouvir, aah se vai! Agora vai ser diferente. Vou lá é com a polícia. Polícia! Tenho certeza que eles estão envolvidos na morte da Laura...

A voz da minha avó sumiu em meio ao choro. Oliveira se levantou e foi até o armário onde ficavam as fotografias, uma cristaleira de carvalho com portas de vidro e tão alta que alcançava o teto. Um móvel que estava na família há décadas e que mais parecia parte de alguma farmácia do final do século dezenove que decoração de sala de estar. Ele pegou um porta-retratos, uma fotografia que mostrava minha mãe, eu e a Mari e que tinha sido tirada há quinze anos. Estávamos os três cobertos por um edredom branco e sentados no mesmo sofá marrom que naquela tarde recebia eu, minha irmã e Vó Diva.

— Olha, vou ser sincero. Entendo por que a polícia já fechou o caso. A mãe de vocês tinha depressão e deixou uma carta de suicídio — disse.

— Não era uma carta de suicídio — resmungou o Tio Paulo.

— Eu entendo que vocês tenham dúvidas, e na posição de vocês eu faria a mesma coisa, mas não importa se ela falou que ia se matar, com todas as letras. O que interessa, para a polícia, é que pouco antes de morrer ela escreveu uma carta. Ela se despediu.

— Pelo amor de Deus, para! Ela não escreveu essa carta no dia em que morreu. Eu já tinha visto essa carta antes, várias vezes, porque não é a única — disse Mariana. Ela foi até o quarto da mãe e voltou com uma caixa cheia de papéis.

— Eu ainda estou juntando todos. Minha mãe era exagerada, era assim com a religião e com o resto, tinha um medo paranoico da morte, era obcecada com isso, mas nunca falou que ia se matar.

A gente achava que era drama, mas e se ela estava mesmo sendo ameaçada? Ela diz, dizia, que o suicídio é o único pecado imperdoável, porque é um atentado contra o templo do espírito santo. Mamãe escreveu recados de amor pra gente em papéis, livros, cadernos, cartas... Essa aqui tem cinco anos e, dependendo da leitura, pode parecer uma despedida. Se ela ia se matar, por que não fez isso há cinco anos, quando escreveu esta outra carta?

— Alguma coisa aconteceu. Ela descobriu algo que não deveria? Ou sofreu uma violência? Mesmo que ela tenha tido um surto, houve um gatilho. Precisamos saber o que foi — completei.

Vó Diva se levantou do sofá, arrancou o isqueiro da minha mão e devolveu ao Oliveira.

— Vocês podem acreditar em surto ou suicídio, para mim tanto faz, porque a verdade eu já sei: mataram a minha filha. Muito obrigado pela preocupação com sua irmã, Paulo, mas chega dessa conversa. Oliveira, vou te levar até a porta, porque você tem muito trabalho para fazer. Só volte quando prender o assassino, tá bom?

5

O interfone me acordou. Bocejando, atendi e autorizei a entrada do Pedro. Com minha viagem interrompida no começo, eu ainda tinha uma semana de férias pela frente e também alguns dias de licença nojo, um nome perfeito para descrever a folga dada ao pesar. As fases do luto são negação, raiva, barganha, depressão e aceitação, mas só a experiência ensina que todas elas vêm juntas, ódio substituído pela negação; choro trocado pela mudez catatônica; desesperança que surge na fronteira da saudade. Aceitação que vira raiva, que vira depressão, que se transforma em desespero. Madrugada que leva a uma manhã de silêncio. O luto, essa planta suculenta, uma mãe-de-milhares que se reproduz infinitamente. Espalhada pelo sopro mais leve, capaz de brotar até na falha do rejunte dos azulejos e nutrida por uma gota d'água, logo ela toma conta do jardim. Sufoca todo o resto, e, mesmo quando é arrancado do peito, o luto segue enraizado, pronto para ressurgir e virar solidão.

Eu escovava os dentes sob os miados insistentes do Quincas quando a campainha tocou pela segunda vez. Minha mãe nunca foi lá em casa. Ela pedia, mas eu dava desculpas, adiava, queria receber a família só quando tivesse cadeiras, quadros, pratos, copos e um lar. O cheiro do café passado tomava conta da cozinha, e o sol da tarde invadia a imensidão vazia de uma sala pequena. Ao pé da porta, o Quincas, um gato cinza que eu tinha resgatado da rua meses antes, só parou de me cercar quando ganhou um bocado da ração úmida.

— Minha mãe te mandou um bolo e uns biscoitinhos.

— Desculpa te deixar esperando, Pedro.

— Como você tá? — perguntou meu amigo.

— Na merda.

— Não sei o que te dizer — ele disse, em meio a um abraço demorado.

A gente se conheceu na infância. O Pedro cresceu lá em casa, chamando minha mãe de tia e tomando emprestado os meus avós. Estava ao meu lado quando nos despedimos do caixão de minha mãe. Ele é órfão de pai desde os nove anos. Decidido a acabar com o sedentarismo, o Tio Zé terminava o expediente caminhando na Lagoa da Pampulha. Naquela tarde ele estacionou perto do Clube Belo Horizonte, procurou um orelhão e ligou para a esposa. Amor, daqui a duas horas chego em casa, tá? Estou na Lagoa, é o quarto dia, então já posso chamar de hábito. É uma paz tão grande: as garças na água, os ipês-amarelos, a Serra da Piedade aparecendo lá trás, com a basílica transformada em pontinho branco pelos raios de sol. Eu caminho mais um pouco, e aparece a Serra do Curral, imensa, abraçando a Igrejinha, a roda-gigante, o Mineirão. É lindo, no fim de semana quero vir com você e o Pedro, o que acha? Beijo, amo vocês.

Tia Marta só recebeu a mensagem do marido na semana seguinte, quando criou forças para ouvir os pêsames gravados na secretária eletrônica. O Tio Zé sentiu falta de ar, uma dor forte no peito, tá tudo borrado, alguém me ajuda, me dá um copo d'água, preciso me sentar. Tô sentindo um mal-estar, mas já passa. Não chama médico não, não preocupa, menina. Eu estou melhorando, juro. Por que esse fuzuê todo, gente? Cadê a ambulância? Morreu ali, olhando para a Casa do Baile.

Tia Marta trazia a gente do colégio quando foi avisada por uma vizinha, que veio correndo até a janela do carro. No banco de trás, eu e o Pedro trocávamos figurinhas do Campeonato Brasileiro de 95 — a Mariana, alguns anos mais nova que a gente, terminava sua alfabetização com uma revista da Turma da Mônica. Eu me lembro do grito, do carro acelerando, do choro, das orações e dos palavrões, seu pai vai ficar bem, o médico tá indo lá, Deus é fiel, não se preocupem. A gente só precisa chegar rápido. Rafa e Mari, desculpem que não vou deixar vocês em casa, mas isso é urgente, preciso encontrar meu marido. Só encontramos um pano preto, tênis de caminhada para fora. Tia Marta, de joelhos e lutando para entender onde iria acomodar tanto desamparo, tentava explicar ao filho o que tinha acontecido, que às vezes morrer é um susto: pode vir de repente, não é dor anunciada apenas para velhos e doentes. Minutos depois, quando uma rajada de vento balançou os ipês e costurou um tapete amarelo ao redor do corpo, meu avô apareceu e tirou as crianças dali.

Minha mãe não queria que eu fosse ao velório do pai do meu amigo, disse que eu ainda era muito novo para certas coisas, mas insisti. Me lembro do pastor com uma Bíblia debaixo do braço e do Tio Zé, com rosto muito branco, adormecido no caixão. Tia Marta abraçava o filho, e eu estava de mãos dadas com minha mãe, a alguns metros do corpo. O pastor falou em ressurreição, clamou pela volta de Cristo e em seguida leu os versículos do profeta Isaías que aparecem ilustrados em folhetos religiosos das mais diversas denominações. Uma passagem que, em pessoas transbordando de fé e que não aceitam a tragédia que é existir, cria expectativa por um planeta perfeito.

— Morará o lobo com o cordeiro, e o leopardo com o cabrito se deitará, e o bezerro, e o filho de leão e o animal cevado andarão juntos, e um menino pequeno os guiará — lia o pastor.

— Mãe, onde o Tio Zé tá agora? — perguntei.

— A vaca e a ursa pastarão juntas, seus filhos se deitarão juntos, e o leão comerá palha como o boi.

— Tá no céu, filho, com Jesus, que é para onde vão as pessoas de Deus.

— Brincará a criança de peito sobre a toca da naja, e a desmamada colocará a sua mão na cova da cobra venenosa.

Se a partida do Tio Zé foi a descoberta da morte, a profecia do paraíso foi meu primeiro questionamento à vida espiritual. Não quero ir para o céu, mamãe. Quero ficar aqui.

Depois que nos despedimos do Tio Zé, seguimos para a igreja, onde Tia Marta e minha mãe passaram a madrugada orando, de pé e com os olhos fechados, mãos para o alto que exigiam uma explicação. A Mari, que estava calada desde a cena da Casa do Baile e precisou de dias para sair da mudez, logo adormeceu numa cadeira ao meu lado. Já o Pedro virou a noite em oração. Após jogar um punhado de terra no caixão do pai, o primeiro dos que o plantaram na cova, o menino queria de Deus o mesmo que foi dado a Lázaro: pedia o milagre, a ressurreição e a vida.

Anos antes, Tia Marta e Tio Zé tinham levado minha mãe para Jesus, logo após o divórcio. Era uma igreja nova, na Avenida Bias Fortes.

— Sei que você não acredita nessas coisas, Laura, mas pode te fazer bem, ser um recomeço de vida — disse a mãe do meu amigo. — Vamos lá, só uma visita. Se você não gostar, é só não ir mais.

Cansada de sofrer, de esperar que meu pai respondesse a pelo menos uma das dezenas de cartas que tinha lhe enviado, minha mãe achou que deveria tentar. Eu e minha irmã estávamos presentes no dia em que ela entrou na igreja pela primeira vez. O templo era enorme — o maior que eu já tinha visto. Apesar disso, o ambiente era simples, igual a um cinema. No palco havia uma cruz de madeira, que ficava atrás do púlpito de onde um homem falava. Ao lado dela estava escrita uma frase, em letras azuis: conhecereis a verdade, e a verdade vos libertará. No altar, o pastor lia a Bíblia, aumentando e diminuindo o tom de voz de acordo com o trecho do versículo.

— Que queres comigo, Jesus, Filho do Deus Altíssimo? Rogo-te por Deus que não me atormentes — leu o pastor.

— Tô com fome! — falei, puxando o braço de minha mãe.

— Saia deste homem, espírito imundo!

— Também tô, aguenta um pouco, filho.

— Então Jesus lhe perguntou: "Qual é o seu nome?".

— Mariana, vem para cá. Me dá a mão.

— Meu nome é legião. Porque somos muitos.

Aconteceu em segundos. Minha mãe nos soltou e caiu no meio do corredor, tremendo. Três homens de terno e gravata a cercaram, e vi minha mãe falar com uma voz diferente. Na mesma velocidade em que caiu, ela foi posta de pé e levada ao palco, enquanto o pastor gritava: o diabo se revelou, em nome de Jesus!

Eu e minha irmã pedíamos pela nossa mãe, mas diversas mãos impediam que fôssemos atrás dela. Enquanto isso, a Tia Marta e o Tio Zé tentavam nos acalmar, com o Pedro também assustado ao nosso lado, de olho no que acontecia no palco.

— Qual é seu nome? — perguntou o pastor, colocando o microfone na boca da minha mãe. Ela estava de pé numa posição bizarra, meio encurvada, com os cabelos tapando o rosto. Dois homens a cercavam, um de cada lado, mas sem tocar nela.

— É Belzebu — disse a voz, que saía gutural, cavernosa. A voz do diabo.

— Há quanto tempo você controla a vida dessa mulher? — perguntou o pastor.

— Há cinco anos. Eu acabei com a vida dela. Acabei com o casamento, deixei ela sem o marido e joguei a família contra ela.

— Por que você fez isso?

— Pela destruição, para que ela não seja salva e não conheça Jesus.

— Mas ela veio até aqui!

— Eu tentei impedir. Joguei a família contra ela.

— Hoje o diabo vai parar de destruir a vida dessa mulher. Eu quero todos com as mãos pra cima, repetindo comigo: em nome de Jesus, sai! Sai! Sai!

Corremos para o palco nessa hora, não sei se por distração de nossos captores, que estavam com as mãos para o alto, ou pela vontade deles. Mamãe estava no chão, desacordada. Alguém trouxe um copo d'água, e pouco tempo depois ela se levantou. A voz monstruosa tinha desaparecido, e toda igreja a aplaudia. Minha mãe, que não se lembrava do que tinha acontecido minutos antes, contou sua história.

— Você quer seu marido de volta? Quer seu casamento outra vez? Jesus te deu um sinal. Ele pode fazer tudo isso. Você acredita nele, Laura? Tão nova, tão bonita e já divorciada. Você acredita em Jesus?

— Sim — disse. Eu e Mariana, abraçados a ela, tínhamos medo de que nossa mãe fosse levada para longe outra vez.

— Uma salva de palmas para o Senhor Jesus, que libertou essa moça. Agora entrega sua vida para Deus, menina, e vai ser feliz, em nome de Jesus.

Pedro colocou a mão em meu ombro.

— Você não pode ficar em casa sozinho. Sai, faz alguma coisa. Vamos conversar, ver gente. Tô aqui, tá? Para o que precisar — disse.

— Não consigo ficar dez minutos sem chorar, Pedro.

Eu preferia sofrer sozinho do que com quem não sabe lidar com as dores alheias. Os piores eram os fatalistas: Deus levou ela, moço, e dos mistérios de Deus ninguém sabe, nos resta aceitar. A hora dela estava marcada, agora ela descansou. Depois, voltavam os curiosos, com perguntas demais para uma dor que é só arrependimento. Por fim, cada enlutado tem que aguentar o consolo dos autocentrados: logo você estará bem, rapaz. Também sofri muito quando minha mãe morreu. Ela tinha 97 anos e se foi dormindo, em paz e sem dor, acredita? Lamento sua perda, Dona Lourdes, meus mais profundos sentimentos. Nem imagino como é ter mãe por tanto tempo.

Na cozinha de azulejos azuis e com dois armários amarelos caindo aos pedaços, eu peguei a térmica com o café e servi o bolo e os biscoitos de Tia Marta numa velha travessa de pão de queijo. O

Quincas, mais tranquilo depois da refeição, começou a se esfregar nas pernas do meu amigo, pedindo carinho. Fomos para a varanda, onde havia uma rede de descanso, uma mesinha marrom de pernas mancas e quatro bancos de madeira. Esse era o pedaço mais completo da casa, já que na sala eu tinha apenas dois pufes velhos e listrados, que serviam de poltronas. A lista de meus móveis se encerrava com a cama, no quarto, onde havia também uma cadeira de escritório e uma escrivaninha que tinha sido do Vô Olinto. Na falta de estantes, os livros eram empilhados no chão.

Eu morava na Rua Sapucaí, atrás da Praça da Estação e com vista para o Centro e a copa das árvores do Parque Municipal. A paisagem daquele lado se completa com os arcos do Viaduto Santa Tereza, que um dia serviram de mirante para o alpinista Carlos Drummond de Andrade, e o paredão da Serra do Curral. Na outra ponta estão os prédios do Bairro Lagoinha e a Cúpula do Bonfim, que aparece envolvida por milhares de retângulos acinzentados e pelo arruamento quadrangular da necrópole. Toda a paisagem é recortada pelos trilhos do trem e pela saudade de um rio, o Arrudas, que um dia delimitou Belo Horizonte e separava a cidade dos vivos e a dos mortos, até que vieram os políticos com seu fetiche por asfalto. Primeiro, o rio perdeu os meandros e virou canal; depois, passou quase inteiro para a margem de lá, um pedaço da cidade enterrado pelo progresso e que só deixa de ser avenida em dias de enchente.

Quando me mudei para esse apartamento, a Sapucaí ainda não tinha sido redescoberta pelos belo-horizontinos, e o aluguel por ali era barato, o que atraía jovens recém-formados e nos primeiros contracheques. O perigo da região vinha após o pôr do sol, quando as ruas ficavam vazias e escuras. O trem é outro desafio de viver ali e passa carregado de minério e envolto por poeira. A presença da locomotiva é anunciada aos poucos, com o ruído riscado da fricção entre rodas e trilhos, um som que causa o mesmo arrepio de um garfo arranhando um prato vazio ou um giz gigantesco que escreve num quadro-negro. Ao passar em frente ao prédio, mais um barulho se somava à trilha sonora: o apito dado pelo maquinista, que indica que o trem vai parar na estação. Quando os freios pneumáticos são acionados, o som estridente da pressão dentro deles vence todos os outros, até que surge o choque metálico de centenas de vagões em parada. Assustado, o Quincas se escondeu atrás do pufe, de onde observava a trepidação das janelas.

— Não dá pra morar aqui sem proteção acústica, Rafa. Puta merda.

— Anh?

— É muito barulhento — gritou o Pedro. — Parece que você vive debaixo de uma montanha-russa, tipo o cara de Annie Hall, do Woody Allen, sabe?

— Pelo menos assim a rua toda tem insônia — respondi, também gritando.

Com o trem parado, fomos envolvidos por uma sensação de silêncio absurda, uma tranquilidade de buzinas e freadas de carros: do outro lado da Praça da Estação, a avenida que um dia foi rio estava engarrafada. O Pedro perguntou sobre a África do Sul. Após as minhas respostas monossilábicas, começou a falar das próprias viagens pelo mundo, uma óbvia tentativa de me envolver na conversa. Ele tinha chegado dos Estados Unidos meses antes, após um intercâmbio de um semestre que acabou durando três anos. Trabalhou como garçom em festas, hotéis e bares, planejou voltar para casa dezenas de vezes, mas, sempre que via o dinheiro entrando, ficava um pouco mais. A Tia Marta tratava o retorno do filho como um evento messiânico, aquele dia prometido que nunca chega.

Até que o Pedro recebeu uma proposta. Trabalho fácil, que pagava bem, mas cuja função era polêmica. Ele virou rato de laboratório. Nos Estados Unidos, a indústria farmacêutica paga caro para quem está disposto a testar o funcionamento de drogas. Quanto mais complexo o tratamento, mais dólares no bolso — testes de fim de semana costumam render dois mil dólares, procedimentos de dez a quinze dias podem chegar a seis mil. Mas não precisa se preocupar, diziam os contratantes, tudo que você ingerir já foi testado em macacos. As pílulas só chegam aos humanos se não houve problemas com os bichos. É seguro, você tem que passar por uma bateria de exames antes de ser aceito, só pra garantir que vai dar certo. Dá para fazer uma poupança e auxiliar no desenvolvimento de novos remédios. Ainda ajudo os outros, pensou o Pedro.

Eu já tinha escutado aquela história dezenas de vezes. O currículo de meu amigo como cobaia humana era seu tópico favorito nas mesas de bar, espécie de quebra-gelo em festas e sempre que ele lidava com desconhecidos. Especialmente quando contava dos efeitos colaterais, tipo crises de coceira coletiva ou dores horríveis das quais ele só ouviu falar, porque tinha tido a sorte de testar um placebo. Além do dinheiro, o tempo fazia o trabalho compensar. Nos intervalos entre os testes, o Pedro conheceu quase todos os estados americanos. Também cruzou a fronteira com o Canadá duas vezes e curtiu os resorts de Cancún.

— Eu te contei do telefonema que me fez largar tudo e voltar pra casa?

A pergunta não tinha sentido. Quando a estadia dele nos Estados Unidos ficou muito longa, Tia Marta me ligou, implorando que eu convencesse o Pedro a retornar. Eu tentei, mas ele sempre negava, dizia que tinha se mudado de país e que não voltaria mais, até que de repente desembarcou em BH. Para Tia Marta, a insistência materna e as orações tinham trazido o filho de volta, mas naquela tarde descobri que a verdade era outra: após trinta e três testes e cem mil dólares, Pedro teve medo. Quando ele estava em Dallas, recebeu a ligação de um laboratório onde tinha feito um teste meses antes, em Chicago. A empresa exigia sua presença imediata, mas ele negava, queria um motivo para cruzar o país. Depois de muita relutância, uma funcionária do laboratório lhe contou qual era o problema. Ela baixou o tom de voz, quase sussurrando, como se não quisesse que ninguém mais escutasse.

— O que ela falou?

— Os macacos morreram.

— Quê?

— Todos mortos.

— Tá de sacanagem! E aí? Você voltou lá?

— Eu desliguei o telefone, abri meu computador e comprei uma passagem. No dia seguinte estava em casa.

Sem acreditar, eu olhava para meu amigo, enquanto ele dizia que estava tudo bem, até fiz um exame de sangue no Hermes Pardini, só para garantir. O Pedro voltou muito magro, e isso gerou brincadeiras dos amigos e preocupação na Tia Marta, que não perdia a oportunidade de alimentar o filho: a cada café, várias quitandas, bolos, broas e sucos, tudo servido com convites insistentes para que ele saísse do mundo e voltasse para a igreja. Vamos ao culto, Pedro. Só neste domingo, não vai te fazer mal nenhum, bom que você revê todo mundo, o pastor vive perguntando por você, sabia? Quem sabe você não vai junto, Rafa? A Laura sente demais a falta dos filhos, ora todos os dias pela família. Para encerrar o assunto, nós jurávamos presença no culto seguinte, mas o domingo sempre chegava com uma mentira e uma ressaca. Assim como minha mãe, Tia Marta nunca parou de tentar.

— Sua mãe achou que você estava fumando crack.

— Eu voltei um palito, né? Mas lá eu usava outras drogas, as de fumar eu uso em casa mesmo.

Rimos juntos o meu primeiro riso em semanas. Impressionado com o desfecho da história, aconselhei que ele escrevesse sobre aquilo. O Pedro sempre quis cursar Letras, e desde pequenos falávamos que seríamos escritores. Quando tínhamos oito anos, criamos uma revista, um manuscrito que saía aos sábados com as principais histórias de nossas famílias. Após doze edições, resolvemos mudar de setor e passamos a gerenciar uma biblioteca. Ocupamos o escritório de Vó Olinto, uma bagunça de livros e grandes arquivos de metal que lotavam o porão e que Vó Diva chamava de caverna.

Meus avós foram os primeiros sócios da biblioteca e passaram a fazer um cadastro para tirar os próprios livros das prateleiras, obrigação que nós mesmos, os gestores do espaço, não tínhamos. Alguns meses depois, a biblioteca foi substituída por um Super Nintendo, mas as leituras continuaram. Quando prestamos vestibular, eu até que segui por uma área paralela ao que desejei na infância e escolhi o Jornalismo. O Pedro, por outro lado, contrariou todas as expectativas familiares e se inscreveu no curso de Física. No meio do segundo semestre, ele trancou a graduação e fez um novo concurso, dessa vez para Biologia, curso que ele também largou, mas com a justificativa do intercâmbio.

Quando voltou dos Estados Unidos, Pedro arranjou um emprego como professor de inglês num cursinho, que engoliu o resto do tempo que lhe tinha sobrado. Todo fim de ano ele ensaiava recomeçar a graduação e chegou a tentar o ENEM algumas vezes, mas a cada janeiro acrescentava um ano no potinho de frustrações. Ao ser estimulado a transformar a própria história em literatura, Pedro se empolgou. Quem sabe? Imagina: eu, o personagem central de um livro, um dos símbolos da mais nova geração perdida. Um cara que acha, tem certeza, que vai ser sempre jovem, saudável e feliz, que fica rico como cobaia humana e despreza os riscos da vida. Até que morrem os macacos.

Depois da revelação do Pedro, consegui conversar sobre a minha viagem. Falei da Table Mountain e do dia em que fiz uma trilha até o topo da montanha. Tinha parado de ventar, e a Cidade do Cabo estava muito quente, o que deixou a subida mais difícil. Ao alcançarmos o topo, sete horas depois do começo da caminhada, eu e meus companheiros de hostel celebramos com fatias de pizza gelada que tínhamos levado nas mochilas, mas logo começamos a contar as moedas para pagar o ingresso do teleférico e voltar ao Centro. Contei também dos torcedores que enchiam a África do Sul para a Copa, e o Pedro me convidou para ver a final do torneio na casa dele, mas recusei. Falamos de George, das cavernas e do avestruz, o que acabou trazendo o outro assunto de volta.

— Pera aí! Você tava num avestruz?

— Pois é.

— Cavalgando num avestruz? Com sela, estribo e tudo mais?

— Uhum. A morte não tem senso de ridículo, né?

— Nenhum! Tipo meu pai: porra, pai! Morrer na Casa do Baile?

— Contando ninguém acredita.

— Tio Rodrigo me falou que vocês contrataram um detetive particular.

O Quincas subiu no parapeito da varanda e contemplou a cidade por entre os fios da rede de proteção. Peguei-o no meu colo e comecei a afagar suas orelhas, uma decisão sempre arriscada.

— Contratamos, mas ele ainda não descobriu nada. Tem uma semana só.

— Mas o que vocês querem descobrir?

O Pedro fez a pergunta exata: o que eu preferia descobrir? Que foi suicídio? Minha mãe surtada e paranoica tirando a própria vida? Ou assassinada numa trama bizarra, um pesadelo capaz de me acordar aos gritos, desespero que abafava até o passar do trem e enchia de dor as madrugadas da vizinhança. Minha mãe atendendo a um telefonema misterioso e levada de carro pelo assassino. Transportada para outra cidade por quem logo a tiraria do mundo. Sequestrada, agredida, enforcada e morta em segundos. Assassino de pé olhando para o corpo, um homem sem rosto que pensava em como escapar daquilo.

Uma sombra carrega minha mãe para a rodovia — será que você ainda respirava?

Joga-a no asfalto e espera escondida, rezando para que toneladas que se deslocam em alta velocidade acabem com o serviço — será que você pensou na gente?

Torce para que o estraçalhar de vida o absolva da maldição — será que você sofreu?

Contei ao Pedro o que aconteceu assim que o detetive saiu da casa de Vó Diva. Tio Paulo se trancou no quarto com minha avó e permaneceu ali por horas, uma discussão aos sussurros. Enquanto isso, eu e Mariana resolvemos olhar as coisas da mãe. Remexemos bolsas, gavetas e armários, verificamos dentro de Bíblias, em bolsos de camisas e calças e até naquela bagunça que ela guardava debaixo da cama. Minha mãe escrevia sem parar em pedaços de jornal, em guardanapos, folhas avulsas e recibos de loteria. A Bíblia que ela mais usava, com uma capa de couro preta, era um calhamaço de bilhetinhos. De versículos favoritos a receitas de comida; de telefones de amigos a lembretes e poemas. E também muitos dos bilhetes conspiratórios em que ela dizia que ia ser morta: tudo dentro da Bíblia. A primeira busca por respostas que eu e a Mariana empreendemos juntos gerou perplexidade, mas nenhum telefone suspeito de gente desconhecida, nenhum bilhete que dissesse algo real. Frustrados e com a certeza de que aquela tinha sido uma ideia idiota, guardamos a bagunça. Quando voltamos para a sala, Tio Paulo já tinha ido embora e Vó Diva preparava o jantar.

— E o e-mail? Vocês olharam? — perguntou o Pedro.

Era tão óbvio que me surpreendi por não ter pensado naquilo. Minha mãe não era uma pessoa tecnológica. Em seu aniversário de 44 anos, comprei um celular, embrulhei num papel branco com um lacinho vermelho e entreguei, com um cartão de parabéns assinado por mim e pela Mariana. Era uma clara inversão de papéis, mas ela adorou. A tática funcionou por meses, até que chegou a campanha anual de ofertas da igreja. Nessa época do ano, alguns pastores desafiam os fiéis a darem tudo para Deus. Tem gente que vende casa, sítio e carro em troca de promessas futuras. Foi numa dessas que o telefone virou oferta. Isso me chateou, fiquei alguns dias sem falar com ela, mas logo deixei para lá. Parte da família tratava minha mãe como uma viciada. Às vezes eu também, e tinha medo de chegar em casa e não encontrar TV, computador, som ou qualquer eletrodoméstico.

As vigílias eram frequentes na fé de minha mãe. Ela saía de casa no começo da noite e ia caminhando até o templo, no centro da cidade. Passava a madrugada orando e jejuando e só voltava no dia seguinte, às vezes depois do café da manhã. Ela não tinha mais o telefone no dia em que foi agredida enquanto voltava para casa. Um homem a encurralou, a jogou no chão, lhe deu vários chutes e a largou ali. Ninguém viu. Minha mãe se levantou e caminhou por meia hora até chegar em casa, com o rosto todo machucado e a camisa rasgada e ensanguentada. Naquele dia a Mariana brigou com ela. Foi o diabo que fez você vender o celular, mãe! Como que pode, você poderia estar morta, e a gente nem ia saber. Precisa se expor tanto assim? Voltar a pé tão tarde? Pega um táxi! Apesar da nossa insistência, minha mãe não quis ir ao hospital, e reagiu quando Vó Diva tentou tocá-la, para cuidar das feridas. Foi você, mãe! Você mandou o Paulo me emboscar e me bater! Ele falou com todas as letras: a mamãe quer acabar com você! Vamos te matar e roubar seus filhos. Louca! Você tá louca, Laura, reagiu minha avó. Olha o que essa igreja fez com você, filhinha. Ainda bem que o Olinto não está mais aqui para ver isso.

A Mariana foi com minha avó para a cozinha, enquanto eu fiz minha mãe se sentar e disse que aquela história não tinha sentido e que o agressor era só um ladrão qualquer. Ofendida, minha mãe falou que eu a chamava de mentirosa. Era o Paulo, Rafa! Ele me bateu! Como várias pessoas muito religiosas, minha mãe era radical quando o assunto envolvia mentir. Sabe o que significa a palavra diabo, filho? Mentiroso. Ele é o pai da mentira, que é a sua própria língua. Isso tá em João 8:44. Nunca minta. Ela nos criou assim, com essa obsessão com a verdade e a implicância até com mentiras simples. Se um cobrador procurava por minha mãe, não podíamos dizer que ela não estava. Se ela não queria encontrar com alguém, não inventava uma desculpa: falava que não queria e ponto final.

Com minha mãe morta, passei a questionar outro aspecto daquela agressão, que deixava de parecer uma tentativa de assalto frustrada, socos raivosos porque minha mãe não carregava nada além da Bíblia. E se o agressor fosse um conhecido? O homem que mais tarde a mataria e a jogaria numa estrada?

— Então? Vai olhar o e-mail dela? — repetiu Pedro, me tirando daquelas memórias.

Durante a viagem, minha mãe não respondeu aos e-mails que eu lhe enviei, indicação de que não estava olhando as mensagens. Peguei meu computador e tentei acessar a caixa de entrada dela. Foram inúmeras tentativas de senhas: aniversários da família, datas especiais e combinações dessas datas. Versículos bíblicos, nomes de pessoas queridas ou frases que ela dizia muito. Liguei para Mariana e pedi ajuda.

— Pede para recuperar a senha. Vai ver tem aquelas perguntas favoritas. Quem sabe não é algo que vocês conseguem adivinhar? — sugeriu meu amigo, que voltava da rua com oito latinhas de cerveja.

Eram três perguntas de segurança. Qual o nome do meu primeiro namorado? Essa era fácil. Preenchi Rodrigo, enquanto a Mariana demonstrava seu alívio a três quilômetros dali e o Pedro servia nossos copos. A segunda pergunta foi na mesma linha: em que ano entrei na faculdade? Liguei para meu pai para confirmar, e a resposta também foi aceita pelo e-mail. Ainda celebrávamos quando surgiu a terceira pergunta. Qual o nome da minha inimiga de infância?

Esbravejei assim que li, enquanto a Mariana soltava palavrões no viva-voz. Aquilo era típico da minha mãe: manter os inimigos por perto, até nas perguntas de segurança do e-mail. Na nossa infância, quando adotamos um cachorro, minha mãe queria dar para o bicho o nome de uma rival, a Tânia Mara, uma vizinha que ela odiava e de quem morria de ciúmes. Eu e a Mariana achamos divertido, por mais que meu pai insistisse que aquilo não era nome de cachorro, mas de vilã de novela mexicana. Carrapicho foi Tânia Mara por duas semanas, até a primeira visita ao veterinário. Foi só quando descobrimos que era um macho que o nome mudou, e na segunda vez as crianças batizaram o animal. Eu já era adulto quando parei para refletir sobre o simbolismo daquilo, o que significava o nome que minha mãe tinha dado ao cachorro. Em como ela transformava tudo em dicotomia, eterna luta entre o bem e o mal.

Eu, Mariana e meu pai, que estava presente pelo viva-voz do telefone do Pedro, passamos quase uma hora pensando em nomes. A amiguinha que tinha virado inimiga. A colega que na adolescência implicava com ela. A que beijou o menino que ela gostava. Outras amigas do colégio, vizinhas, primas. A cada três tentativas erradas, o e-mail travava, e era preciso recomeçar tudo, inserindo as duas primeiras respostas. Isso se repetiu até meu pai desistir e a Mariana falar que pensaria em nomes e ligaria depois. O Pedro, aproveitando a deixa, se despediu e foi pra casa. Ficamos só eu e o Quincas naquela tarefa obsessiva, eu digitando nomes aleatórios enquanto ele dormia no meu colo. Peguei uma lista de nomes na internet e comecei um copia e cola contínuo. Já era madrugada quando a lista sugeriu um nome incomum, mas que eu percebi ser a resposta assim que bati os olhos nele: Divina. A inimiga de infância da minha mãe era minha avó Diva. Apertei enter e invadi o e-mail.

A primeira tela da caixa de entrada era uma sucessão de spams e só duas mensagens de pessoas reais. De cara vi meus próprios e-mails, enviados durante a viagem, nenhum deles lido. Outra mensagem vinha de uma escola de informática: ela tinha se matriculado num curso, para aprender a mexer no novo computador da casa. Eu e a Mariana a pressionamos por isso ao longo de semanas. Você precisa saber certas coisas, mãe. Tem que conseguir trabalhar num computador, precisa entender como usar a internet. Sem isso, como você vai conseguir um emprego? Você está desatualizada e precisa avançar. É uma pessoa inteligente, uma jornalista super competente, mas não pode desistir, ficar para trás. Você está parada nos anos noventa. Foi só naquele momento que descobri que minha mãe tinha nos escutado. O e-mail confirmava a matrícula e dava a data da primeira aula: uma quinta-feira, quatro dias após a sua morte.

Nas horas seguintes, olhei todos os e-mails que ela recebeu ao longo de anos. Conversas com a amiga que mora nos Estados

Unidos. Ofertas de empregos e inúmeras mensagens automáticas de bancos de vagas. Fotos enviadas pela prima do Recife. E-mails meus e da Mariana, informes da igreja, muitas cobranças e avisos do Serasa com a negativação do nome dela. Não encontrei um e-mail sequer que trouxesse qualquer nova informação. Eu já estava desistindo quando notei uma frase no canto inferior direito da tela, na caixa de mensagens instantâneas. A revelação veio em forma de chat:

Nunca escondi nada de você, não tô entendendo essa raiva.

Vamos conversar, me atende.

Não me trata assim, Laura. Te amo.

Sinto muito.

Me atende!!!!

Vou pra BH sábado. Vamos nos encontrar e conversar sobre isso? Desculpa.

???

As mensagens tinham datas e horários diferentes, mas o mesmo autor, um tal de Vagner, de quem eu nunca tinha ouvido falar. Estavam todas sem resposta, mas outra coisa chamava atenção. A primeira mensagem foi enviada três semanas antes da morte da minha mãe. A última, quatro dias antes. No sábado, o mesmo em que aquele sujeito tinha sugerido o encontro, o mesmo em que ele disse que estaria na cidade, minha mãe atendeu o telefonema de um homem. Deixou as panelas no fogo, pediu dinheiro e saiu de casa.

6

Belo Horizonte, 21 de junho de 1980

Querida Rosângela,

Depois de pensar muito, decidi escrever essa cartinha. Espero que isso solucione nossos problemas. Antes de mais nada, quero que saiba que gosto muito de você e que ainda a tenho como uma das minhas melhores amigas. Gostaria que você sentisse a mesma coisa.

O verão teve um significado enorme para mim, por mais que as coisas não tenham terminado bem. Eu entendo que você esteja decepcionada e gostaria de pedir desculpas (atrasadas) por qualquer problema que eu tenha lhe causado. Melhor seis meses depois do que nunca, não é? Errei ao não lhe contar o que me incomodou, a raiva que causou meu retorno repentino para casa, gerou os palavrões e a tal briga.

A verdade é que não aguentei aquela sua amiga, você sabe qual, não preciso mencionar o nome. Aquela que passou semanas envenenando sua cabeça. Foi imediato: assim que nos vimos, nós nos odiamos mutuamente. A situação ficou inaceitável quando ela começou a insinuar que eu estava paquerando o Thiago. Eu vi, eu ouvi. As conversinhas dela no seu ouvido, os olhares tortos para mim, a sua descrença se transformando em dúvida, em repulsa, em raiva. Jamais, prima, jamais. Eu nunca faria isso. Gostei dele como um amigo — e fiquei genuinamente feliz ao perceber que você escolheu bem.

A minha inimiga — estranho isso, nunca pensei que usaria essa palavra — enxergou mentiras onde só havia família, viu flerte onde só existia amizade. Ela te jogou contra mim. Aguentei o tempo que pude e suportei os ataques e as calúnias, os sussurros e os segredos. Até que não me segurei mais e enfiei a mão na cara daquela idiota, mas porque ela me atacou primeiro.

Eu deveria ter conversado e peço desculpas, mas achei que você já tinha caído nas historinhas dela. Percebi como você me olhava, senti a frieza com que você passou a me tratar. Por isso, interrompi as férias e voltei para casa. Lamento não ter me despedido. Eu adorei Recife, prima. A praia, os bailes, nosso grupinho de amigos... Tirando as brigas com aquela lá, acho que esse mês que passei com vocês foi o mais feliz da minha vida.

Naquele dia, fiz a mala correndo, comprei a passagem, entrei no ônibus e chorei por dois mil quilômetros. Eu tinha medo, Rô. Medo de você acreditar nela e da nossa amizade acabar. Só no mês passado, por insistência do Paulo e da minha mãe, que retomei a ideia de te escrever. Eles acham que foi só um mal-entendido e que palavras certas podem resolver tudo. Fiquei sabendo que ela deu em cima do seu namorado e que você rompeu a amizade. Por isso, vou aproveitar o momento: desculpa, prima. Nunca acredite que eu lhe faria algum mal, não importa qual seja a boca que cochiche isso. Agora, com tudo que aconteceu, já ficou claro quem ela é e quem está a seu lado nessa história, né?

Vou considerar que você me perdoou, tá? Se não tiver perdoado, é só não ler o resto da carta. Mas seria uma pena, porque eu tenho fofocas para te contar. Viajei na Semana Santa, um final de semana estendido, e foi incrível. Fomos ao Rio. Em família, acredita? Eu, mãe, pai e o Paulo. Foi a primeira viagem que fizemos juntos. Acho que foi a primeira viagem da mãe e do pai desde a lua de mel. Que dias maravilhosos! Ficamos em Copacabana, pertinho de Ipanema. Já quero voltar, quem sabe um dia morar no Rio. Acho que nunca estive numa cidade que combine tanto comigo.

Conheci um cara lá. Passamos a nos corresponder, e todo mês chega uma carta dele aqui em casa. Ele já me chamou para visitá-lo, mas não resolvi se vou. É que aconteceu outra coisa. Envolve o Rodrigo. Pois é, vou queimar minha língua agora, afinal falei mal dele por semanas, quando estava aí. Disse que nunca mais queria ver essa peça na minha frente, nunca mais aguentar aquelas brigas intermináveis, aquele ciúme doentio, aquela relação complicada. Mas ele me procurou, todo fofo, e aos pouquinhos voltamos a conversar. Por enquanto foi isso, só conversa e umas saídas, mas estou pensando em dar uma segunda chance para ele.

Segunda? Tá mais para quarta, quinta, né? Ele me faz mais feliz, não tenho dúvidas disso. Só não quero que esse jeito dele limite meus sonhos, minha vida. Se for para sonharmos juntos, alcançarmos juntos um futuro incrível, aí eu quero. Já falei isso com ele: quero um parceiro. Alguém que lute comigo.

Como eu sinto falta de conversar com você, prima! Me escreve, tá? Vou parar por aqui porque a minha mão já está doendo.

Beijão,

Laura.

7

As bochechas para cima indicavam alegria em me ver ali, mas os lábios da Gabriela não acompanhavam o movimento, resultando num sorriso pela metade. Aquele era meu primeiro dia de trabalho após várias semanas de ausência, por isso cheguei antes do meu horário e me escondi na sala de reuniões, estratégias para escapar das pessoas e não chorar em público. Aos poucos, o luto ganha pudores e a companhia da vergonha, vira dor que ainda precisa transbordar, mas não quer causar incômodo.

— Uai, por que você não tá trabalhando na sua mesa?

Não era um reencontro. A Gabriela esteve no velório, me visitou, mandou mensagens, ligou, tentou me tirar da cama e cedeu o ombro amigo. Por isso, encontrá-la no trabalho doía mais que rever outros colegas. Nós tínhamos sido contratados no mesmo processo seletivo de estágio e dividíamos a mesma função, mas quase sempre em horários alternados: ficar de olho em sugestões de pauta que chegam pelos mais diversos canais. Após nossas formaturas, tínhamos sido efetivados, mas ainda estávamos no segundo degrau da hierarquia da empresa. Abaixo da gente, só os novos estagiários.

No dia do meu retorno, o Henrique, chefe de reportagem, me passou só tarefas sem importância e que resolvi em poucos minutos. Por insistência da Gabi, aproveitamos meu ócio e saímos para um lanche perto da firma, na Savassi. O café tinha acabado de chegar quando dois colegas entraram, gerando em mim um movimento instintivo: me ajeitei na cadeira e fiquei de costas para eles. A Gabi apertou minha mão.

— Você não vai conseguir evitar as pessoas pra sempre, Rafa.

— Não precisa ser pra sempre, só algumas semanas. Até passar essa fase em que todos me olham com uma mistura entre não saber o que dizer e julgamento.

— Julgamento? Por quê?

— Eu passei as férias enterrando minha mãe, mas um monte de gente acha que eu fiz corpo mole pra voltar. Ficam me olhando, falando mal de mim. Vi gente indo falar pra chefia que eu faltei demais, apontando pra mim e tudo.

— Lógico que não!

— Mas eu vi, Gabi.

— Deve ter sido outra coisa, você tá impressionado. As pessoas têm pena e não sabem como lidar com a situação, só isso.

Eu tinha visitado minha mãe pela primeira vez naquela manhã, pouco antes de seguir para a redação. Passei uma hora no Bonfim, no começo apenas olhando para a tumba e sem saber se era loucura falar com uma pedra. Depois, aceitei que era por isso que estava ali: cemitérios existem para que conversemos sozinhos, mas acreditando que os mortos conseguem nos ouvir. Falei sobre a vida e contei como tinha sido o primeiro mês sem ela. Não ouvi nada de volta e nem senti uma presença pairando no ar, só o silêncio sinistro da sepultura. Sentado num banco de ferro e de frente para o local em que o corpo de minha mãe se desintegrava, passando a fazer parte do solo e se encravando para sempre nos alicerces de Belo Horizonte, de Minas e de mim, me lembrei de todas as vezes em que perdi a paciência com ela. Eu tinha vontade de sacudi-la, dizer que ela deveria seguir a vida, não buscar um casamento que já estava terminado há anos. Falei que não tem sentido nenhum viver do passado ou achar que Deus tem alguma coisa a ver com nossa infelicidade, a vida não é prova de fé, nosso sofrimento não é o de Jó, dor alimentada pelo diabo como testemunho contra Deus. Disse que ela deveria saber que casamentos vêm e vão, que todo mundo se divorcia, as pessoas sofrem e amargam, mas seguem em frente, não deixam que uma obsessão trave a vida. Reclamei da igreja, dos pastores e perguntei por que ela nunca tinha aceitado fazer terapia, por que nós não percebemos que ela precisava de tratamento psiquiátrico e acolhimento, não de fé e mais cobranças? Como pudemos fazer tão pouco? Reclamei das manias, das paranoias e perseguições e disse que ninguém tentava machucá-la, que era ridículo pensar que a Vó Diva era uma inimiga ou que o Tio Paulo poderia fazer algo contra ela. Lembrei-me das brigas, minha mãe certa de que era traída, as roupas de meu pai atiradas pela janela, os pratos e copos que ela estraçalhou no chão do apartamento, os gritos no meio da madrugada e as sirenes da polícia, minha mãe ameaçando pular do quarto andar, e os vizinhos acordados de pijama e dizendo "de novo isso? Alguém tem que dar um jeito nessa louca!". Será que você fez, mãe? Tantos anos depois, apesar da igreja, dos filhos, de Deus e da sua fé, será que foi você quem pôs um ponto final?

Eu chorava ao pé da tumba quando fui abordado por um guarda municipal, que perguntou se eu precisava de um copo d'água. Falei que eu estava bem, agradeci e resolvi ir embora. Foi nessa hora que vi um grupo com cerca de vinte pessoas passar pelo pórtico do Bonfim. Não levavam um caixão à frente e nem carregavam o peso do luto, apenas câmeras fotográficas. Eram turistas.

Passei por eles quando a guia falava sobre a excepcional arte tumular e alguns dos nomes que tinham esculpido as obras do cemitério. Ela contava sobre os famosos adormecidos ali: artistas, escritores, políticos. Benigna Victima de Jesus, uma religiosa que foi perseguida, humilhada e que, depois de morta, caminha para ser santa e estimula gigantescas peregrinações; também a Menina Marlene, assassinada aos treze anos e que desde então realiza milagres. Nomes quase apagados nas tumbas e que os vivos agora reconhecem apenas como ruas, praças, bairros e avenidas; dores que a putrefação transformou em CEP. A guia mostrava fotografias antigas, imagens em preto e branco de uma multidão ocupando o cemitério e carregando um esquife. Homens de sobrecasaca e mulheres com vestidos longos: era o velório do governador Raul Soares, em 1924.

Saí do cemitério, mas levei os mortos comigo. Na redação, assim que me instalei na sala de reuniões, busquei pelas fotografias no Google e achei um vídeo de cinco minutos. Nele, uma massa de gente deixa a Igreja de São José e desfila apoteótica com o caixão luxuoso, Afonso Pena abaixo. Como toda despedida de cadáveres políticos, aquele cortejo era um comício, e logo as pessoas ocuparam cada canto da necrópole no adeus ao governador. O Bonfim ainda era um loteamento à espera de habitantes e com espaço de sobra para acomodar os restos do tempo. Era isso que eu contava para a Gabriela enquanto o café esfriava na xícara.

— Quem ocupa essas tumbas hoje? Aquela multidão que se reuniu para enterrar o Raul Soares.

— A gente nunca pensa nisso, né? Que um dia seremos nós num caixão.

— Acho que a gente só compreende quando vive a morte. É uma dor enorme e que além de tudo gera um medo, sabe? Um medo das perdas que ainda virão.

— Sim! Eu também senti — disse Gabriela. — Quando perdi minha avó, passei a ter medo. A morte de uma pessoa antecipa a saudade das outras.

Cheia de perguntas, a Gabriela deu vazão à minha vontade de desabafar. Falei da investigação, da depressão de minha mãe e do azedume que senti ao vencer a terceira pergunta de segurança e entrar no e-mail, o ódio ao descobrir as mensagens enviadas pelo tal do Vagner. Na noite em que soube da sua existência, liguei aos berros para a Mariana, para o meu pai, para o Tio Paulo, para o Pedro e até para a Vó Diva, que acordei para perguntar se ela sabia algo sobre aquele homem. Ninguém tinha ideia de quem poderia ser. Meu tio disse que passou as novas informações para a polícia, que prometeu apurar a história, e garantiu que o Oliveira também começaria a investigar aquele nome.

Contei tudo para a Gabriela achando que ela me chamaria de louco e se colocaria contra mim. Diria que minha mãe era doente, tinha problemas psiquiátricos e que ela obviamente se matou e que eu precisava aceitar isso, não buscar explicações novelescas típicas de quem está em negação.

— Na verdade, essa história me lembra uma denúncia anônima que chegou no jornal, no ano passado. Eu até levei para a reunião de pauta, mas a chefia ignorou.

— Qual? Você nunca me contou isso.

— É que acharam que era bobagem — continuou, medindo cada palavra. — Mas eu não quero que isso motive uma busca insana, tá? Vou te contar porque você precisa saber, mas não sei se vale a pena puxar o fio da meada. Pode não ter nada ali.

Em 2010, ano da morte de minha mãe, o governador terminava seu segundo mandato. Conservador, jovem, rico e membro de uma família tradicional na política mineira, ele não escondia as aspirações presidenciais e sempre exaltava os números de sua administração. Do desempenho da economia às obras gigantescas que se espalhavam pelo estado, de medidas na educação à queda no número de homicídios. Os indicadores demonstravam uma redução constante dos crimes violentos em Minas Gerais, uma tendência que estava na contramão do país. Isso era explorado de forma exaustiva na propaganda governamental e motivou uma romaria de governadores e secretários de segurança, que procuraram o governo mineiro em busca de soluções para seus próprios problemas.

— A denúncia dizia que a queda é maquiada e que deveríamos esmiuçar o aumento do número de mortes violentas sem explicação e também o de suicídios. Ou seja, o governo derrubou os números artificialmente, ao parar de catalogar as mortes como assassinatos.

— Você verificou isso?

— Claro. Fiz as contas e percebi que houve um aumento nas mortes violentas sem explicação, que é quando a polícia alega que não consegue descobrir a causa da morte. Não me lembro ao certo, mas era cerca de quarenta por cento. Aí o governo não registra como homicídio, divulgando dados bem menores. Outra:

o número de suicídios também cresceu bastante nos últimos anos. Somei o excedente de suicídios com o de mortes sem explicação. Se fossem colocados na coluna homicídios, teríamos tido até um aumento nessa estatística. Então a redução da violência é só uma manobra matemática. Ninguém confere, e a sociedade acredita, mas a verdade é que aumentou a impunidade, não a segurança.

— Mas isso não rendeu uma reportagem? Valia capa!

— Pois é, mas não passou nem da reunião de pauta. Os chefes falaram que não tinha história ali, mas tenho certeza de que o motivo é outro. O governo é o principal anunciante do jornal. Se publicássemos isso, cortariam a verba publicitária.

— Mas agora eles têm um caso na equipe! O personagem sou eu, é minha irmã. É minha mãe. Tenho que insistir nessa pauta, Gabi. Como vou conseguir trabalhar aqui sabendo disso? Que um furo desses foi largado por dinheiro?

Tive vontade de sair do café, atravessar a Avenida Getúlio Vargas e bater na sala envidraçada do Silviano, o diretor do jornal. Ele era o topo da hierarquia na redação e servia de barreira para qualquer reportagem que incomodasse as pessoas erradas. O jornal, que estava prestes a comemorar um século de circulação, não tinha chegado naquela idade incomodando: é sempre governista, não importa quem ou qual partido ocupe o Palácio da Liberdade. Anos antes, quatro jornalistas tinham sido demitidos depois da publicação de uma reportagem sobre a cracolândia. Um texto impactante e que gerou cobranças ao governo, mas que falava de um lugar que qualquer belo-horizontino sabe que existe. Se foi assim com uma reportagem que denunciava o óbvio, o que esperar de uma que acusaria o governador de fraudar estatísticas? Uma série mostrando que uma das bandeiras de um futuro candidato à presidência era só impunidade?

— Você quer invadir a sala do Silviano, que nem sabe quem você é, e colocar ele contra a parede? Esse é o plano? — perguntou a Gabriela.

— Mas eu preciso tentar alguma coisa!

— A gente vai tentar, mas vamos primeiro conversar com o Henrique, que é nosso chefe direto e pode ficar ao nosso lado.

— Tem razão, vamos! — eu disse, já me levantando.

— Só tem um problema — a Gabi fazia um gesto para o garçom pedindo a conta. — Mesmo que o caso da sua mãe tenha sido registrado como suicídio por questões políticas...

— Eu sei. Eu continuaria sem saber o que aconteceu com ela.

8

TELEGRAMA
PARA: ROSÂNGELA

CASAMENTO 25 DE AGOSTO
CONVITE NOS CORREIOS
RAFA NASCE EM NOVEMBRO

BEIJOS, LAURA

9

Eu observava uma gata listrada e que tinha apenas uma orelha quando percebi a Gabriela, na outra margem do lago, acenando para mim. Acenei de volta e me levantei do banco vagarosamente, para acariciar o bicho sem assustá-lo, enquanto ele se espreguiçava no gramado à minha frente. A gata fugiu quando a Gabriela me alcançou. Cumprimentamo-nos com um beijo. O tempo que passamos juntos e a minha carência tinham nos transformado num casal, mas isso não veio sem remorso. Meses após a morte de minha mãe, eu ainda encarava qualquer felicidade como indecência, mas acabei preferindo intercalar a solidão do luto com sorrisos raros com a Gabi.

— Uai, cadê a orelha do bicho? — perguntou a Gabi, enquanto a gata se afastava.

— Deve ter perdido numa briga. Tem milhares de gatos aqui, essa é super dócil, toda vez me cumprimenta — respondi. Estávamos na orla do maior lago do Parque Municipal, uma floresta de figueiras, sapucaias, jaqueiras e outras árvores centenárias no centro de Belo Horizonte. Meu apartamento ficava a poucos minutos de caminhada dali. Da varanda, as árvores tinham destaque, verde intenso em contraste com o concreto dos prédios e o colosso de ferro da Serra do Curral. Assim que me mudei para a região, adquiri o costume de fazer caminhadas no parque. Meses antes da morte de minha mãe, eu corria na pista próxima ao coreto quando um gato magrelo percebeu minha aproximação e começou a miar num tom desesperado. Saí do parque com o bichinho e fomos direto para uma clínica veterinária. De lá, para o apartamento, de onde o Quincas — já batizado — passou a observar as árvores a partir das janelas, seguro pelas redes de proteção e engordando a cada dia. Salvamos um ao outro.

Naquela tarde, eu e a Gabriela nos encontramos no Parque Municipal por um motivo. Em meia hora iríamos entrevistar uma fonte para a reportagem que estávamos fazendo, um policial civil. Sentados no gramado, repassamos as perguntas uma a uma, testamos o gravador e combinamos nossa estratégia de trabalho.

Meses antes, logo depois da conversa no café em que a Gabriela me contou sobre a denúncia anônima que tinha chegado ao jornal, nos sentamos com o Henrique na sala de reuniões. Ele ouviu com atenção o que tínhamos a dizer. Assim que acabamos, começou a elencar problemas.

— Eu achei que a gente já tinha descartado essa pauta, Gabi.

— Tinha mesmo. Mas, depois do que aconteceu com a mãe do Rafa, você não acha que vale a pena ao menos apurar essa história? Investigar?

Dez anos mais velho que a gente, o Henrique também entrou para o jornal como estagiário e galgou posições ano a ano, até chegar num cargo de chefia. Talvez por isso ele dedicasse tanto cuidado aos novatos, que o tratavam como um guia, o modelo de carreira que todos queriam seguir.

— Claro que essa história me incomoda, mas não vou mentir pra vocês: se eu aparecer só com esses números na sala do Silviano, dizendo que quero fazer uma reportagem investigativa contra um senador desse porte, ele vai perguntar se eu perdi o juízo. No jornalismo, se a gente quer ter salário, precisa ter juízo.

— Mas investigar não é a razão para fazermos jornalismo? Ou nos formamos só para escrever sobre a temporada de flores dos ipês e os buracos nas ruas da cidade? — perguntei, num tom de voz mais alto do que tinha intencionado.

— Tudo isso é jornalismo — respondeu, fingindo não notar a tensão. — Mas, e digo porque vocês não são mais estudantes cheios de sonhos impossíveis, jornalismo também é poder. Para emplacar uma pauta assim, que vai incomodar tanta gente, é preciso mais que uma denúncia anônima e uns números numa tabela.

— Tá, mas e se a gente achar uma fonte? Alguém que faça a denúncia, coloque a cara na reportagem? — perguntou Gabriela.

— Aí as chances aumentam. Mas vocês vão perceber que isso não é tão fácil assim. Vamos fazer o seguinte: acho que apurar essa história pode ser um bom aprendizado para a carreira de vocês. Então, por que não investigam isso juntos? Só não comentem com ninguém, ok? E façam fora do expediente, fora da redação. Se conseguirem algo sólido, me mostrem. Aí eu assumo a briga pra emplacar a reportagem.

Com a promessa do chefe, começamos a apuração naquela mesma noite, da varanda do meu apartamento. A Gabriela me mostrou os números que ela tinha compilado e o e-mail com a denúncia anônima. Encontrávamo-nos lá em casa quase todos os dias, mas semanas depois não tínhamos avançado nada. Todas as fontes ligadas à polícia que contatamos — e não foram poucas — desconversavam. Tratavam a denúncia como teoria da conspiração, e os que não a descartavam de cara se recusavam a falar sobre o assunto e desligavam o telefone.

— Certeza que não quer perguntar pro detetive particular que vocês contrataram pra investigar o caso da sua mãe?

— A gente já discutiu isso. E se ele me falar que não descobriu nada, Gabi? Ou, pior, que não tem nada que ele possa fazer?

— Não precisa perguntar sobre a investigação que ele está fazendo. Só contar essa história e questionar se ele sabe algo, se conhece alguém que poderia falar sobre o assunto. Ele é policial aposentado, certo?

Sem outra alternativa, liguei para o Oliveira naquela noite. Ele não se lembrava do meu nome.

— Aah, o caso do atropelamento. Eu falo quase todos os dias com seu tio. Localizei aquele homem que vocês indicaram, o sujeito do e-mail.

— O Vagner? Você contou isso pro meu tio?

— Isso, Vagner. Contei sim. Ele não falou pra você? Tem semanas que estive com ele.

— Não, meu tio não disse nada.

— Acho que sei a razão: esse Vagner é membro da igreja. Casado. Duas filhas. Eles foram amantes, sabia?

Se antes eu andava de um lado para o outro, naquele momento precisei me sentar. Não consegui compreender nada do que ele disse em seguida e perdi o rumo da conversa. Minha mãe, tão religiosa, uma mulher que jejuava todos os dias, passava horas lendo a Bíblia e virava noites em oração, era amante de um homem casado. Como ela conseguiu esconder essa outra vida? Ansiosa, a Gabriela me sacudiu.

— ... você ouviu o que eu disse? Lógico que o Vagner é um suspeito natural, e vou passar isso para a polícia, mas antes quero acompanhá-lo por um tempo e descobrir onde ele estava no dia em que sua mãe morreu. Também sigo investigando a linha que seu tio e sua avó insistem, por mais que não veja muito sentido, de um possível envolvimento da igreja e...

Interrompi o detetive, explicando o real motivo da minha ligação. Após alguns segundos, ele afirmou que já tinha ouvido algo sobre a manipulação dos dados de violência estaduais. Oliveira prometeu indicar alguém para falar sobre o assunto.

— Vem aqui no Acaiaca e a gente conversa, trabalho no sétimo andar. Te passo um contato quente.

Foi assim que marcamos a entrevista daquela tarde. Seguimos do parque para o ponto de encontro, no quarteirão fechado da Praça Sete com a Rua Rio de Janeiro e aos pés de um edifício de vinte e seis andares projetado por Oscar Niemeyer. Do outro lado da Avenida Amazonas, está o Cine Brasil, um prédio da esquina, com revestimento em pó-de-pedra e grandes vitrais retangulares. Na época, esse edifício estava cercado por tapumes avermelhados e passando por uma reforma longa e barulhenta. Aguardamos em pé, enquanto observávamos um grupo de cerca de vinte idosos jogando damas. Sentados em bancos de plástico e usando mesas desmontáveis de madeira como apoio, eram ilhas de concentração em meio ao caos do ponto mais movimentado de Belo Horizonte, um cruzamento por onde passam dois milhões de pessoas todos os dias.

A poucos metros dali, um homem de terno e gravata gritava para ninguém, tentando superar o barulho da obra e do trânsito com a força da garganta. Era o profeta do fim do mundo.

— Eis o aviso divino: vocês profanaram este lugar. Ofereceram sacrifícios a deuses estranhos, banharam essas ruas com o sangue dos inocentes. Fizeram altares para Baal!

— Baal? De onde ele tirou isso? — falou Gabriela.

— É do livro de Jeremias. Ele profetizou a queda de Israel e o exílio dos judeus, que tinham abandonado a Deus — respondi. — "Eis que trarei mal sobre eles, de que não poderão escapar, e clamarão a mim; e eu não os ouvirei".

— Às vezes me esqueço do seu passado de pastorzinho.

Falei para a Gabriela do impacto da fé num adolescente e também do problema que é jogar as cartas da religião cedo demais. Quando tudo dá errado, a fé pode ser uma bengala para aguentar as dores, mas eu sentia não ter mais isso. A religião me transformou num cético. A Gabi perguntou se eu tinha raiva da crença de minha mãe e quis entender por que minha avó e meu tio suspeitavam da igreja. Eu contei dos conflitos religiosos familiares. Todos os dias, Vó Diva se ajoelha em frente ao oratório e reza a ave-maria e o pai-nosso, a salve-rainha e o credo. Ela não perde uma missa, se confessa regularmente, oferece almoços para o Padre Fernando e vira e mexe reclama, com saudosismo, que "em latim era melhor, naquela época não tinha tanto crente, tanta seita, meu filho".

— Mas você não respondeu minha pergunta, Rafa.

— Nunca mais coloco os pés naquela igreja, mas achar que eles tramaram a morte dela e simularam um suicídio? Isso é loucura. A verdade é outra.

O pastor, que até aquele momento vinha sendo ignorado pelos pedestres, se jogou no chão. Com a Bíblia no peito e de barriga pra cima, ele mexia braços e pernas de forma frenética enquanto simulava urros de dor. Só assim as pessoas pararam para observar o profeta, que logo estava cercado por um bolo de gente.

— Essa é a melhor parte. Ele quer mostrar como vai ser cair no fogo do inferno.

Desde que eu me mudara para o Centro, passar pela Praça Sete a pé tinha se tornado parte da minha rotina. Eu saía do meu apartamento, descia as escadarias da Rua Sapucaí que levam ao metrô e cruzava o túnel escuro que passa por baixo das linhas do trem. Depois, subia caminhando até a Avenida Afonso Pena, onde param os ônibus que levam para várias partes da cidade. Eu conhecia esse pastor de outras profecias. Como muitos belo-horizontinos, já tinha até sido alvo de seus discursos, pedestre perseguido por Jeremias em chamas e Bíblia na mão.

Ele sequer é o mais famoso dos pregadores do Centro. Há ainda o embaixador cósmico dos extraterrestres, um homem alto, magro, de uns 50 anos, que usa um chapéu branco com um disco voador bordado e tem um chicote preso no cinto de couro. Está sempre segurando um cartaz com a frase "eles estão voltando" e garante que o retorno começará por Belo Horizonte, por conta do obelisco que marca o hipercentro da cidade. O homem entrou diversas vezes na Justiça pedindo autorização para que o desembarque na Terra seja na Praça Sete. O pedido sempre gera alarde na imprensa, e a prefeitura alega que não tem jurisdição para temas espaciais. Eu tinha feito uma reportagem sobre o embaixador cósmico, e desde então ele passou a me ligar com frequência, sempre avisando as novas datas para invasão alienígena. Enquanto conversávamos sobre ele e o pastor era consumido pelas chamas do inferno no meio da praça, uma voz se intrometeu no assunto.

— É nessa hora que os batedores de carteira fazem a festa — disse um homem. Ele vestia uma camiseta listrada em azul e branco, calça social e uma boina xadrez. — Prazer, Arcanjo. Vocês são os jornalistas, certo? — completou, enquanto coçava uma pinta no lado direito do queixo.

Sentamo-nos de frente para a área de damas, onde vários idosos, a maioria homens, aguardavam sua vez de jogar. Dois deles acenaram para o Arcanjo, que gesticulou de volta e prometeu, gritando, que logo entraria na competição. Na avenida, bem no pedestal do obelisco construído para celebrar o Centenário da Independência, cinco manifestantes balançavam bandeiras vermelhas e gritavam palavras de ordem. O trânsito seguia sem interrupções, assim como os gritos de foto na hora foto e compro ouro, ladainhas dos trabalhadores que se espalham pela Praça Sete.

Nossa fonte trabalhava na Polícia Civil há vinte anos. Meses antes, ele tinha ficado famoso ao postar vídeos no YouTube em que acusava políticos de envolvimento com tráfico de drogas e assassinato.

— Eu apresento provas e documentos, mas o jornalismo não acredita em mim. É só cruzar os dados e conferir as informações.

— Então a história da manipulação dos números de violência é real?

— A única coisa que aquele governo fez para diminuir a violência foi colocá-la debaixo do tapete. Havia uma orientação, dita diversas vezes, para não investigar. Tem como encerrar o caso sem apontar que foi homicídio? Se dá, então a polícia faz isso, até porque há um bônus para os investigadores sempre que os números de violência caem.

— Você sabe de algum caso concreto?

— Não só um, vários. Por exemplo, há uns meses teve uma veterinária que caiu do sétimo andar de um prédio, no Funcionários. A mulher se espatifou toda. A única testemunha foi, olhem só, o marido, que demorou quase trinta minutos para descer do apartamento. Quando chegou na rua pra ver o que tinha restado dela, até o rabecão já estava estacionando. Suspeito, né? Mas não deu em nada. Caso fechado: suicídio.

— Que filhos da puta, cara! Como é possível que nenhum policial se revolte e faça algo para mudar a situação? São todos cúmplices! — eu disse, me esquecendo do roteiro de perguntas.

— Eu estou falando com vocês, não é? Nesse caso que citei, por exemplo, eu briguei bastante, mas não fui ouvido. Era preciso investigar, examinar o corpo, o apartamento e a cena do crime. Colher testemunhos, falar com vizinhos. Mas a polícia chegou, o marido disse que estava dormindo, que não viu a mulher se levantar da cama e pular da janela. Disse que ela era histérica, louca, e que vivia falando em se matar. Apresentou até carta de suicídio. Pronto, acabou a investigação.

— Ficou por isso mesmo? — perguntou Gabriela.

— A mulher não tinha família em Belo Horizonte, e os vizinhos não conheciam o casal. Pra completar, o marido era um figurão. Advogado, médico ou alguma coisa assim. Deu dois telefonemas, ainda com o corpo da mulher esfriando na rua, e logo a polícia saiu dali.

— Mas um caso desses teria repercussão! Esposa de médico aparece morta no meio da rua, em bairro nobre. Nem a imprensa pressionou?

O Arcanjo se levantou e olhou para a muvuca a vinte metros dali, que aumentava. O pastor tinha recomeçado sua atuação teatral: deitado, gritava em direção a uma mulher, a quem chamava de macumbeira, invocando para ela as chamas do inferno. A princípio a mulher ignorou os ataques, mas, quando as ofensas do homem aumentaram, com gritos de pomba gira, filha do diabo e Jezabel do terreiro, ela partiu para cima do religioso, que se encolheu no chão para receber os chutes. A multidão aplaudiu. Logo a mulher se afastou, enquanto o pastor se levantava. No Cine Brasil, os operários trocaram a bateção da obra por piadas gritadas ao religioso.

— Me digam vocês, jornalistas. Como são informados de que houve um assassinato?

— Vem no boletim da polícia, logo depois que ocorre. É assim com todos os chamados — respondi.

— Exato. Mas, se a própria polícia registra no sistema que uma morte foi suicídio, a imprensa nem olha. Vai olhar por quê? Tem aquela orientação de que se é suicídio, não deve noticiar. Alguém pode se atirar de um prédio no meio da Afonso Pena, aqui, agora, na nossa frente. Milhares de pessoas vão ver, mas tudo que os jornais vão dar é que o trânsito ficou caótico por causa de um acidente. Dizem vocês, jornalistas, que é para não incentivar o suicídio. Muito nobre, mas a verdade é que assim fica mais fácil esconder homicídios. Isso, reparem bem, serve para mortes de classe média. Se aparecem três mortos na periferia, então a investigação sequer é esperada. A sociedade trata aquilo como normal. Os corpos entram pros registros como mortes violentas sem explicação, e a imprensa dá no máximo notinhas sobre o crime.

— Sabemos que alguém morreu, que uma violência ocorreu, mas a pessoa é enterrada e acabou?

— Olhem as estatísticas oficiais. No Brasil, setenta por cento dos homicídios não são resolvidos. Se uma pessoa mata alguém, há três chances em dez daquilo terminar em prisão. Só. Veja que estamos falando apenas de casos que são fichados como homicídios. Ainda assim, o Brasil tem a terceira maior população carcerária do mundo. Alguma coisa está errada, né?

Além da entrevista, o Arcanjo nos forneceu dados e nos entregou uma pasta com dezenas de documentos. A apuração, agora muito mais sólida, tinha finalmente cara de reportagem. Voltamos para minha casa no momento em que o pastor encerrava o expediente. Seguimos lado a lado até a Praça da Estação: eu e Gabriela falantes e animados; o pastor em silêncio.

10

Belo Horizonte, 12 de outubro de 1988

Querida Rosângela,

Há quanto tempo não nos escrevemos! Estou precisando voltar ao Recife, tirar uns dias de férias com o Rodrigo e o Rafa, descansar da correria. Quem sabe, prima? Olha eu me convidando para sua casa, na cara dura. Não sei como você aguenta essa sua parenta.

Semana passada o Rafa completou dois anos. Modéstia de mãe coruja de lado, ele está cada vez mais fofo e esperto. É incrível acompanhar o dia a dia cheio de descobertas de uma criança. O Rodrigo, que vai aos jogos do América toda semana, já começou a levar nosso filhote. Eu fico em pânico, morrendo de medo de acontecer algo lá, aquela bagunça toda, mas me resignei. Ser mãe é um emprego permanente, te consome vinte e quatro horas por dia, mas vale cada segundo.

Como o tempo passa rápido! Outro dia éramos adolescentes cheias de sonhos mirabolantes. Hoje estou aqui: casada, estudante, dona de casa, trabalhadora e mãe, tudo de uma vez. Foi diferente e muito mais difícil do que eu esperava. É engraçado o que a vida faz com a gente. Eu nunca planejei nada disso, você sabe, só aconteceu. Não tenho do que reclamar, afinal amo minha família. São os meus tesouros, minha razão de existir, mas não consigo deixar de ter aquela curiosidade: o que teria acontecido num universo paralelo? Tem decisões simples, que a gente não dá a mínima importância quando toma, que acabam definindo toda a nossa vida. Para mim, a grande escolha não foi uma faculdade, a carreira profissional ou o casamento, mas atender aquele telefonema insistente do Rodrigo, anos atrás.

Acho que são essas as escolhas que realmente importam, mais que aquelas que às vezes nos consomem por meses. Se bem que acredito um pouquinho em destino. Os fatos importantes, os momentos cruciais de nossas vidas, já devem vir previstos. A gente escreve o resto.

Já que o assunto envolve decisões, vamos a um segredo de uma escolha gigante, prima: eu e o Rodrigo estamos tentando engravidar de novo. Você vai falar que é loucura outra criança assim, tão cedo, antes dos trinta, antes de eu me formar na faculdade, ter uma carreira e crescer numa profissão. Mas o universo encaixa as coisas no seu próprio fluxo, da sua maneira. Quem sabe dessa vez não vem uma menina? Aí teríamos uma família completa, com duas crianças, talvez um cachorrinho, um balanço no quintal... Tenho urgência de viver, de dar outro passo adiante e começar mais essa etapa da vida, porque já sinto o peso dos anos. Não é exagero, é a realidade de quem se olha no espelho todos os dias.

Também planejo voltar para a faculdade, mas não sei se faço isso agora ou daqui a alguns anos, depois de passar por essa etapa atual. Ou até se começo outro curso. Às vezes penso que uma carreira no Direito traria mais recursos para minha família, e não dá para ignorar o lado financeiro das coisas. Recomeçar tudo do zero agora, quando falta tão pouco, é uma bobagem, mas o que é a vida senão um curto espaço de tempo em que andamos em círculos? Isso eu tenho feito à perfeição.

Minha relação com o Rodrigo anda mais tranquila. Sem aquelas brigas todas que tanto me incomodavam. Ele controlou o ciúme e diminuiu a boemia — só não abre mão do futebol. Tá ficando mais em casa, até porque mãe com filho pequeno e marido na noite não dá. Acho que fomos feitos mesmo um para o outro, só o Rodrigo para aguentar essa sua prima, vamos dizer, excêntrica. Eu sei dos meus defeitos.

Mãe, pai e meu irmão seguem bem. Ela vem sempre aqui em casa nos ajudar, acho que sem esse auxílio eu não conseguiria dar conta de tudo. O Rodrigo trabalha doze horas por dia, na lanchonete, e eu me divido entre cuidar do Rafa, da casa e ajudar ele no trabalho. Tenho que estudar também, claro, para poder voltar pra faculdade. É muita coisa.

Mas já falamos muito de mim, então escreva sobre você! Segue namorando aquele professor de Matemática? O apartamento novo já está todo decorado do seu jeito? Vai mesmo tentar mestrado? Aguardo suas respostas e sua visita, afinal não nos vemos desde meu casamento, e você nem conhece o Rafa. Não podemos deixar assim.

Adoraria ir com a família toda te visitar, passar uns dias na praia. O filhote ainda não conhece o mar, e acho que vai ser incrível inculcar nele esse desejo por conhecer outros lugares. É por isso que temos filhos: para multiplicar um pouquinho de nós mesmos, sentir que alguma coisa nossa vive e se repete fora da gente.

Um beijo pra você. Me escreve!

Laura.

11

A locomotiva tinha ultrapassado o Viaduto Santa Tereza, mas o final do trem ainda estava na altura do Bairro Carlos Prates, a dois quilômetros de distância. Na sala, minha caixa de som dizia que *mil acasos me levam a você, no início, no meio ou no final*, e a música chegava abafada na varanda, onde eu, Gabriela, Pedro e Mariana estávamos há duas horas e sete garrafas, que descansavam vazias no chão, encostadas na porta de vidro. A oitava cerveja estava pela metade na mesinha marrom, onde também havia um copo de requeijão velho e trincado que a Mariana e o Pedro usavam de cinzeiro. Às dezoito em ponto, outro som externo se somou ao ruído metálico de trilhos e rodas, ao bater das janelas e ao chiado do vento. A trezentos metros do meu apartamento, os alto-falantes da Paróquia de Nossa Senhora das Dores tocavam sua tradicional "Ave-Maria", na versão instrumental de Franz Schubert.

A sobreposição de barulhos à nossa conversa deixou o Henrique esperando por dez minutos na frente do prédio. Cansado de tocar o interfone, o porteiro finalmente permitiu a entrada dele, que encontrou o apartamento destrancado. Henrique chegou na varanda quando a música paroquial terminava e voltávamos a escutar *Maria, Maria é um dom, uma certa magia, uma força que nos alerta, uma mulher que merece viver e amar como outra qualquer do planeta*. No horizonte, o sol se escondia atrás de nuvens negras, e uma chuva fina e persistente, típica de novembro, escurecia o dia antes da hora.

— Achei que estava no endereço errado — disse o Henrique, enquanto abraçava a Gabi e se apresentava ao Pedro e à Mariana.

Eu completava vinte e seis anos. Se meu aniversário anterior passara sem comemoração e ainda envolvido pelo luto, naquele eu tinha sido convencido a celebrar a data. A Gabriela sugeriu, o Pedro insistiu, minha irmã também, e convidei algumas pessoas para uma festa lá em casa, na sexta à noite. Exigi que os três aparecessem mais cedo, para me ajudar com os preparativos, e a chegada do Henrique foi a deixa para que os petiscos fossem colocados na mesa da sala, que recebeu vasilhas com porções de amendoim, coxinhas de frango com catupiry, salaminhos fatiados, pães de queijo, croquetes de carne e pastéis de jiló.

Ainda incompleto, meu apartamento já tinha mais cara de lar. Um mapa-múndi colorido preenchia a parede ao lado da porta, enquanto uma fotografia das palmeiras sequenciais da Praça da Liberdade ficava no lado oposto. Na varanda, uma placa azul com letras brancas, no estilo dessas que contam nomes de ruas, lembrava que ninguém vive impunemente numa cidade, uma frase do escritor Autran Dourado. A sala também tinha ganhado uma mesa, um sofá usado de três lugares e uma estante de livros.

Quando o porteiro anunciou mais quatro colegas de trabalho, avisei que dispensava o serviço e que a porta estava aberta e era só deixar o pessoal entrar. A festa teve amigos do tempo do colégio que eu não via há anos e a turma da UFMG; teve um casal de vizinhos do oitavo andar e vários colegas de firma; compareceram primos, conhecidos das arquibancadas do Independência e até algumas pessoas que eu nunca tinha visto, mas me deram parabéns como se fossem velhas companheiras. A varanda se tornou o ponto mais concorrido da casa, tanto pela liberdade para fumar como também pela vista da cidade, que começava a ser pontilhada de branco, com milhões de luzes que se acendiam nos apartamentos. Eu recebia cada convidado, agradecia os parabéns e alguns presentes, entregava copos e guardava bebidas na geladeira ou no isopor com vinte quilos de gelo que estava perto da máquina de lavar. Em troca, cada pessoa com quem conversei naquela noite se sentia na obrigação de manter meu copo sempre cheio de cerveja.

Na cozinha, minha irmã fazia salsicha e molho para cachorro--quente, e o Pedro cortava ao meio dezenas de pãezinhos enquanto contava a história dos testes farmacêuticos que ele tinha feito nos Estados Unidos. Quando os macacos morreram, gritos de incredulidade tomaram conta do ambiente, e vi o Pedro sorrindo enquanto dava mais um gole num latão de Brahma.

A Gabriela controlava o som, que tocava "You Only Live Once". Cinco pessoas discutiam futebol e falavam da possibilidade, cada vez mais real, de um rebaixamento simultâneo dos três times de Belo Horizonte. Com uma dose de cachaça na mão esquerda e um copo de cerveja na direita, um colega de trabalho jurava que o Vasco seria o campeão do Brasileiro daquele ano. Por que não? O Vasco amassou o Atlético e o Cruzeiro. Você tá de brincadeira, não tem a menor chance, falta elenco, falta tudo, isso aí é sorte e ruindade dos times mineiros, só, o título vai ficar com o Corinthians do Tite. Entrei na conversa para lembrar que dois meses antes o meu América tinha goleado o Vasco por 4 x 1, com gols de André Dias, Marcos Rocha e Kempes — aquele que cinco anos mais tarde morreria no terrível acidente da Chape. O vascaíno riu e lembrou que o Coelho era o lanterna do campeonato, o que trouxe as tradicionais piadas envolvendo o meu time. Tira uma foto comigo, é a primeira vez que vejo um torcedor do América! Você vai ao jogo amanhã? A kombi te pega aqui, ou vocês têm um ponto de encontro? Claro que ele vai. O Rafa é doente, substituiu a igreja pelo futebol e não perde um jogo sequer, disse o Pedro.

Peguei um cachorro-quente, aceitei uma dose de cachaça que o Henrique me ofereceu e perambulei pela casa ouvindo conversas sobre a reeleição da Cristina Kirchner na Argentina e a renúncia de Silvio Berlusconi na Itália; o bar que abriu na orla da Pampulha e a Patrícia terminou, você sabia? Mentira! Semana passada ela postou um monte de fotos com o namorado, com textão brega e tudo mais.

Sem fazer ideia de quem era a tal Patrícia, o Henrique se meteu na conversa e começou a falar da reportagem que eu e Gabi tínhamos escrito ao longo de meses, mas que estava engavetada desde o começo de janeiro. Depois do encontro com o Arcanjo, a pauta cresceu, e fizemos dezenas de entrevistas: de policiais a líderes de ONGs, de pessoas que perderam parentes em condições estranhas a especialistas em segurança pública. De tempos em tempos atualizávamos o Henrique sobre o andar da investigação, mas ele sempre pedia mais, mais, mais, até que um dia nos chamou na sala de reuniões. Elogiou nosso trabalho e disse que tinha apresentado a pauta para o Silviano.

— A reportagem tá foda, o tipo de coisa que derruba político — ele disse, com uma caipirinha na mão.

— Por isso nunca vai ser publicada, não é, Henrique? — reclamou Gabriela.

— Um dia, um dia, Gabi!

Era evidente que o diretor do jornal guardava nossas reportagens de forma estratégica e que a publicação só viria se o momento fosse favorável. Naquele ponto o governador era outro há quase um ano, mas pertencia ao mesmo grupo político.

— Daqui a pouco a Folha descobre essa história e publica antes da gente — falei, mas o Henrique já tinha voltado para a cozinha em busca de outra bebida.

O Quincas, que estava no quarto desde o começo da festa, passou correndo pela sala e logo foi seguido pela Zelda, a gata de apenas uma orelha que antes vivia no Parque Municipal.

— Quem abriu a porta do quarto? — perguntei, e fui resgatar os bichos da confusão instalada naquela parte do apartamento.

O Pedro mencionou que os gatos vinham do Parque, o que gerou perguntas sobre a adoção. Coloquei os bichos novamente no quarto e, quando voltei para a varanda, contei que a gata tinha aparecido em várias visitas que fiz ao parque, cada vez mais magra e sempre dócil. Onde cabe um gato cabem dois, disse Gabi, e a Zelda chegou ao apartamento dentro da caixa de transporte do Quincas.

Recarregado com mais um gin tônica, o Henrique chegou na porta da varanda bem na hora em que eu contava essa história. Ele puxou a Gabi pelo braço e passou o outro ao redor do meu ombro. Vocês têm tudo a ver, tenho um orgulho danado de ter juntado esse casal. Já até formaram família, que coisa linda, que coisa linda, ele disse. Vai tomar água, Henrique, a Gabi falou rindo, enquanto eu secava gotículas de saliva de meu rosto.

Minha irmã me chamou na cozinha, e passei pela sala interrompendo o beer-pong que separava amigos de faculdade em lados opostos da estante. Duas duplas se alternavam com a bolinha e tentavam acertar os copos plásticos cheios de cerveja que estavam espalhados no topo da estante de livros. A cada acerto, a dupla contrária tinha que virar o copo.

— A síndica tá te chamando, Rafa — disse minha irmã, com o interfone na mão.

Fechei a porta da cozinha e atendi a Dona Lourdes. Fico feliz que você esteja melhor, Rafael, mas já passa das onze, e o prédio precisa dormir. Estou te interfonando há meia hora, você tem que mandar as pessoas para casa. Pedi desculpas, mas não encerrei a festa: isolei a varanda, fechei as janelas e diminuí a música bem na hora em que Lady Gaga cantava *oh-oh-oh-oh-oh-oh-oh, caught in a bad romance,* acompanhada em coro pelo grupo que se aglomerava na sala. Alguém viu meu copo? Tava cheio, não sei onde deixei. Pega esse latão aqui, Rafa. Tá fechado e esquentando. Eu te considero pra caralho, tá? Pra caralho! Me sinto tão mal de não ter ido ao velório da sua mãe.

Um grupo seguia com o beer-pong, e seis pessoas cantavam *nossa, nossa, assim você me mata, ai, se eu te pego, ai, ai, se eu te pego.* A Gabi quis saber quem tinha mudado a playlist, poxa, vamos manter o nível, pessoal, mas foi arrastada para a frente do sofá, onde se formou uma pista de dança. De novo aberta, a varanda recebia quatro pessoas, que falavam sobre o anúncio da FIFA de que a abertura da Copa de 2014 seria em São Paulo. Onde? Nem acabaram a terraplanagem do estádio ainda!

— O Quincas escapou de novo, e acho que a Zelda tá lá na cozinha — gritou Pedro, apontando para o gato, que se encolhia num cantinho do corredor. Abri a porta do quarto e dei de cara com dois desconhecidos se pegando, saia amarrotada para cima, aqui não, né, caralho, e os dois saíram fechando botão de calça, limpando as mãos na roupa e apanhando uma garrafa de vinho no isopor antes de desaparecerem rumo à Sapucaí. Será que tem gente transando no banheiro? Abre, tá todo mundo se mijando aqui, abre logo, porra, gritou a Mari, que esmurrava a porta. Peguei uma chave de fenda enquanto o Pedro explicava que não havia outro banheiro, e vários convidados aproveitaram a deixa para ir embora. Destravei a fechadura e forcei a porta, mas algo a bloqueava. Tem alguém caído, falei, enquanto tentava ver pelo reflexo do espelho. Porra, Henrique. Tá de sacanagem! Você dormiu no banheiro? Abraçado ao vaso sanitário, meu chefe levantou a cabeça e afastou o corpo, permitindo que entrássemos. Eu e o Pedro carregamos o Henrique, que protestou e disse que estava bem, não precisa disso, gente, eu vou andando, mas dormiu de novo assim que foi deitado de lado no sofá.

A Gabi pegou um pano molhado. Henrique, limpa sua boca, pelo amor de Deus, falou enquanto o pessoal da pista de dança ria, mas ele nem se mexeu. Eu levei desinfetante, pano de chão e um balde para o banheiro. Quando acabei, a porta da varanda estava aberta, e o Pedro, que tinha ido fumar um cigarro, conversava com a Mariana, que chorava. Minha irmã contava do dia em que estava num barzinho na Praça Marília de Dirceu e foi surpreendida pela mãe. Filha, não, filha. Beber é pecado, já me basta seu irmão. Eu briguei tanto com ela, Rafa, agora até isso me faz falta, tenho saudade das brigas. Abracei minha irmã enquanto olhávamos involuntariamente para a escuridão vazia onde estava o Cemitério do Bonfim e o Pedro tocava no celular o recado deixado dezesseis anos antes numa secretária eletrônica. *Estou na Lagoa, é o quarto dia, então já posso chamar de hábito... Eu caminho mais um pouco e aparece a Serra do Curral, imensa, abraçando a Igrejinha, a roda-gigante, o Mineirão. É lindo, no fim de semana quero vir com você e o Pedro, o que acha? Beijo, amo vocês.* Dezesseis anos, gente, dezesseis! E ainda ouço esse recado toda semana, choro toda maldita vez, disse o Pedro.

Uma mulher veio da cozinha e avisou que o interfone não parava de tocar *waka waka, eh, eh, Tsamina mina zangalewa, This time for Africa.*

— Dona Lourdes, eu nunca fiz uma festa aqui. Nunca. Já estou mandando o pessoal embora, mas tenha paciência, Dona Lourdes, tenha paciência.

Aproximei-me da Gabi e disse te amo, e nos beijamos dançando. Soltei a cintura dela para fechar a porta da varanda de novo, enquanto ela posava para uma foto ao lado do Henrique, que dormia de boca aberta. A Mari parou de dançar para também tirar uma fotografia com o Henrique, e logo todo mundo se posicionou atrás do sofá para usar meu chefe bêbado e adormecido como cenário para um ensaio fotográfico. Posicionei meu celular na ponta oposta da sala, em cima da estante e apoiado num copo cheio de cerveja quente e onde boiava uma bolinha de ping-pong. Mari, senta no chão. Junta aí, pessoal, vou colocar o timer e me sentar bem no meio. Não tampa ele, ou fica atrás do sofá ou no chão, Pedro. Vamos lá, cinco, quatro, três, dois... A porta se abriu, e a Dona Lourdes entrou já desligando a caixa de som. Chega, acabou, vai todo mundo embora! Vocês estão doidos? Já são duas da manhã, e isso aqui é um prédio de família!

Deixamos o Henrique dormindo no sofá e descemos todos, eu, o Pedro e mais dois caras empurrando o isopor, que ainda estava cheio de cerveja e garrafas de catuaba. Paramos na mureta da Sapucaí, onde outros convidados da festa já estavam. Às duas e meia da madrugada, o trem passou de novo, carregado de minério e enchendo a rua com seus guinchos.

— Puta merda, como esse pessoal tem coragem de reclamar de barulho?

Dois bares e vários food trucks atraíam pessoas para a rua, principalmente alunos da Estácio de Sá, que tem um campus na esquina com a Avenida Francisco Sales. Mergulhei a mão no isopor e tateei o gelo em busca de dois latões. Entreguei um para a Mari, e então veio de novo o luto que transforma qualquer felicidade em ato despudorado e todo divertimento em culpa. Minha irmã me viu chorando e me abraçou. Aqui tá até melhor que lá em cima, falou o Pedro. Só falta música, e imediatamente onze pessoas começaram a cantar *inocente, apaixonado, eu tava crente, crente, que ia viver, uma história de amor, que cilada, desilusão.*

Às quatro e meia, a Gabi subiu para o apartamento e foi dormir. O resto do pessoal ficou na Sapucaí por mais uma hora, até que a cerveja esquentou no degelo. Com o dia começando a clarear, larguei o isopor vazio na portaria do prédio e caminhamos para o centro da cidade, cruzando o Viaduto Santa Tereza. Moradores de rua pediram o resto das bebidas e ganharam meia garrafa de catuaba e uma sacola com nove cervejas. O Pedro balbuciava baixinho *não era amô-ô-*ôr, *não era*, até que alguém gracejou: vamos cruzar o viaduto pelos arcos, tipo fazia o Carlos Drummond? Sem se intimidar, o Pedro subiu no parapeito e começou a engatinhar para cima, mas eu e a Mariana o puxamos de lá.

— Tá doido, velho. Para com isso!

— Vocês demoraram demais pra me buscar. Olhei pra baixo e quase me mijei — falou rindo, enquanto andava abraçado comigo e com minha irmã.

Seguimos até a Rua da Bahia e nos sentamos no La Greppia, restaurante vinte e quatro horas famoso por seu rodízio de massas e que tinha em suas paredes fotos em preto e branco de frequentadores antigos, de Roberto Carlos a Juscelino Kubitschek. O sol nascia quando terminei o primeiro prato dos dois que comi naquela manhã.

Quando voltei para casa, os gatos me receberam, rabos inquietos e impacientes. A porta estava destrancada, e o Henrique tinha desaparecido. Por baixo, Dona Lourdes tinha passado um aviso de multa, que já estava marcado com a sola de um tênis 42. Servi a refeição dos gatos e ignorei as dezenas de latinhas, garrafas vazias e copos plásticos que se espalhavam pela casa. Entrei no quarto, pulei por cima das roupas da Gabriela, que estavam amontoadas no chão, e me deitei ao lado dela.

12

Acordei depois das quatro da tarde, na terceira ligação do meu pai e quase na hora de América X Avaí. Os times ocupavam as últimas posições do Brasileirão, e o jogo era decisivo na luta contra o rebaixamento. Troquei a água e a ração dos gatos, fiz um cafuné em cada um deles, pedido de desculpas por sair assim, tão rápido, e fui para a rua mastigando um cachorro-quente gelado. A Gabi já tinha se levantado e deixou um bilhete na porta da geladeira: te amo, vou almoçar com meus pais, mais tarde volto para te ajudar a limpar a casa.

Com o rosto riscado pelo travesseiro, eu desci a escadaria da Rua Sapucaí, pulando degraus, lixo, poças cheias de mijo e montes de merda humana. Entrei correndo no túnel escuro que passa por baixo das linhas do trem e peguei o metrô, sentido Arena Independência. Quinze minutos depois, subi a ladeira da Rua Pitangui com as batidas do coração fazendo eco em minha dor de cabeça.

Encontrei meu pai na porta do estádio. Sentado no meio-fio, ele vestia uma camiseta tão desbotada que já era até difícil perceber que um dia tinha sido verde e branca e com patrocínio de um banco em letras pretas. Com quase quinze anos de uso, a camisa tinha se alargado, mas não a ponto de acompanhar a circunferência crescente do dono. Eu dei outra para ele de presente de aniversário, dois anos antes, mas meu pai garantia que só aquela trazia sorte. Quando cheguei, ele comia feijão tropeiro e tentava cortar um pedaço enorme de bife de porco com uma faca de plástico. Num canto do prato descartável, um ovo frito aguardava a hora em que teria a gema, visivelmente mole, perfurada e misturada ao arroz, ao feijão, ao torresmo e à couve. Ao lado de meu pai, duas latinhas de cerveja esquentavam no meio-fio, só uma delas aberta.

— Poxa, filho, não quero perder o começo do jogo, sabe como eu sou. Nem vai dar tempo de você comer!

Sentei-me ao lado dele. Segurando o tropeiro com a mão direita, meu pai me deu um abraço de parabéns e, com a mão esquerda, me entregou uma latinha de cerveja morna. Tive que tomar de uma vez, e logo seguimos para a fila do portão três. Joguei metade fora pouco antes de passar pela revista, enquanto meu pai desistia de garfo e faca e comia o bife com a mão, arrancando pedaços com os dentes.

Entramos no estádio. Meu pai se sentou no lugar de sempre, perto da torcida organizada e de frente para o meio-campo, e eu fui comprar dez fichas de cerveja e duas de água.

— Como tá o jogo? — perguntei, ao retornar para a arquibancada alguns minutos depois do apito inicial.

— Tá chato, ainda não saímos do meio campo. Comemorou muito ontem? Você tá com uma cara de ressaca...

A torcida do América, que já foi uma das maiores de Minas, diminuiu gradualmente até se tornar a menor de Belo Horizonte, culpa de décadas de resultados ruins. Os torcedores que restaram tentam compensar isso com assiduidade, e faltar a um jogo só é aceitável em situações extremas, como uma doença, uma morte na família ou uma viagem de férias — e esta pode ser planejada para ocorrer em períodos sem campeonatos. O América exige a mesma dedicação de uma cerimônia religiosa ou um trabalho de carteira assinada, é quase um bater cartão na catraca do estádio.

Há, num jogo de futebol, todos os elementos necessários para uma catarse. Da euforia na hora de um gol, em especial aqueles que demoram a acontecer, à tristeza por uma derrota inesperada. Da raiva direcionada ao juiz aos cânticos inflamados que pedem por uma reação em campo. Tem também a apatia dos empates sem graça. Você está ali, observando o campo, mas sem ver, olhos que se perdem num gramado verde. O jogo daquela tarde foi um desses: poucas chances de gol, muitos xingamentos ao juiz e uma insatisfação crescente com o time — e com a vida — insinuada nas arquibancadas. Nuvem de ódio e frustração que aumentava, minuto a minuto, até que só restariam silêncio e ressentimento.

A torcida bebe mais em jogos assim. Já estávamos no quarto copo de cerveja quando o árbitro apitou o fim do primeiro tempo. O time foi para o vestiário debaixo das vaias de alguns, mas a maioria optou por ir ao bar em vez de aderir ao protesto.

— Rafa, sabe aquele detetive particular que seu tio contratou? Ele descobriu alguma coisa? — perguntou meu pai.

O investigador acompanhou por semanas o homem que havia trocado mensagens com minha mãe. A informação de que os dois tinham sido amantes veio da igreja que ambos frequentavam. De lá também surgiu outro pedaço da história: a garantia de que minha mãe não era vista no templo há meses. Algo estranho, afinal ela saía de casa sempre no mesmo horário, todos os dias, para assistir ao culto noturno. O Oliveira não quis acreditar apenas no depoimento dos pastores e pediu acesso às câmeras de segurança, o que foi negado. Ele insistiu, mas depois disso os líderes da igreja fecharam a porta de vez, dizendo que não tinham mais o que falar sobre o assunto. Meu tio e minha avó viram nessa atitude a prova derradeira do envolvimento religioso, mas o detetive sustentava que a igreja só não queria se meter naquele caso.

Por ser uma investigação particular e sem ordem judicial, não tivemos saída além de aceitar a informação dos pastores. Mas, se minha mãe não tinha passado pela igreja, então onde ela estava naquele dia? Foi isso que o Oliveira perguntou ao Vagner. Ao ser abordado, primeiro o homem mentiu. Alegou que não conhecia minha mãe e que não sabia do que se tratava. Encurralado pela troca de mensagens e pelo testemunho dos pastores, admitiu o relacionamento, mas disse que minha mãe nunca respondeu suas mensagens e que por isso não a encontrou naquele fim de semana. Na hora em que minha mãe morreu, ele estava num culto, álibi comprovado pelo testemunho de várias pessoas. Outro fato, porém, chamava atenção: o Vagner, que é de Belo Horizonte, estava morando em Divinópolis quando tudo aconteceu. O detetive e meu tio passaram essas informações para a polícia, que novamente prometeu investigar. Uma simples quebra de sigilo poderia revelar se a ligação telefônica que minha mãe atendeu naquele sábado tinha sido do Vagner.

Eu olhava para a Serra do Curral, que se destaca atrás de um dos gols, quando meu pai repetiu a pergunta.

— Ele descobriu mais alguma coisa?

— Não. Parece que o cara está até querendo desistir do caso, acha que não tem mais o que descobrir — respondi.

— Imagino que foi duro ouvir isso, filho, mas pode ser que não tenha nada mesmo. Pode ser só coisa da sua cabeça, porque é difícil aceitar que ela tenha... Você sabe.

— O problema é que a polícia não faz nada. Passo o dia inteiro pensando nisso e às vezes sinto que os investigadores não dão a mínima, que estão contra nossa família e rindo das nossas caras.

— O que você acha que aconteceu? — perguntou meu pai, com certa relutância. Respirei fundo antes de responder.

— Eu não sei. Às vezes acredito que foi suicídio, claro que penso nisso. Mas em outras tenho certeza de que alguma coisa terrível foi feita com minha mãe. A história do telefonema me intriga, e esse namorado dela é esquisito. Já suspeitei até da esposa dele, que pode ter agido ao se descobrir traída. Eu também trabalhei em outra frente: aquela reportagem que te contei. Eu fico super ansioso e doido para que seja publicada logo, quem sabe assim não reabrem o caso. Esse e todos os outros que a polícia resolveu ignorar.

Após a briga final e a separação, minha mãe e meu pai só se viram nas audiências de divórcio. Ela mandou cartas, telefonou e foi na casa dos sogros diversas vezes, em busca do perdão dele. Mamãe entrava por uma porta, e papai fugia por outra, pulava o muro da casa e sumia. Foram anos de sofrimento para minha mãe, que fazia promessas e orava e jejuava de joelhos em troca da volta do marido. Meu pai, por outro lado, seguiu em frente. Primeiro nos anos de solteiro, em que reconstruiu a vida. Depois, com a Raquel, uma colega de escola que ele reencontrou por acaso num barzinho na Pampulha. Eles namoraram por sete anos, para incredulidade de minha mãe, que tinha fé na separação do casal. Quando meu pai se casou pela segunda vez, ele e minha mãe já estavam separados há dez anos, mas nem por isso ela sofreu menos. Até a última hora, até o momento do sim, até eles alugarem uma casa e começarem uma família, minha mãe orou, certa de que Deus mandaria o livramento para o matrimônio que ela chamava de maldição. Deus não se atrasa e nem se adianta, meu filho. Ele nos socorre sempre no tempo exato. Tenho certeza de que seu pai vai voltar pra mim. Quando ele não voltou, minha mãe sentiu o desprezo divino. Nós achávamos que ela largaria a igreja, mas o resultado foi oposto, e minha mãe ficou ainda mais fervorosa. Ela se culpava pelo casamento de meu pai com a Raquel, alegando que Deus a abandonara por conta de seus pecados e sua falta de fé.

— Eu não sabia, filho. Não fazia ideia de que aquele ciúme todo, aquelas brigas sem sentido, eram um problema de saúde. Eram outros tempos, cresci ouvindo que mulher é exagerada, ciumenta, intransigente, brigona... Foi só no segundo casamento que eu percebi a diferença entre brigas normais e o que eu tinha com sua mãe. Ela não me deixava fazer nada, até ir para a faculdade era um conflito constante, porque eu sempre voltava pra casa com acusações de traição, de estar de caso com a fulana ou até de ter me visto entrando em motel com a ciclana. Acabei largando o curso porque não aguentava tantas brigas. Até das minhas primas ela suspeitava! A gente chegava em casa depois de um almoço de família, e, você lembra, você estava lá, o mundo caía. Só que eu não entendi que ela precisava de um médico, de um psiquiatra. Achava que aquelas crises eram a personalidade dela. Eu deveria ter percebido. Sinto muito.

Os times voltavam ao gramado quando meu pai perguntou da reportagem. Expliquei tudo que já tínhamos apurado e que o texto estava pronto há meses, mas que ainda não estávamos autorizados a publicar. A torcida foi ocupando novamente seus lugares, e aos poucos os tambores despertaram. Aproveitei que o bar tinha esvaziado para pegar mais duas cervejas. Quando voltei, meu pai estava conversando com um conhecido de arquibancada, reclamando do time. Foi nessa hora que o Avaí errou uma reposição de bola, deixando o atacante do América cara a cara com o gol. Ele foi derrubado pelo goleiro, e o árbitro mandou seguir, mas a torcida tinha se levantado e agora se aglomerava no canto do estádio onde estava o bandeirinha, que era cercado pelos jogadores dos dois times.

— Pênalti!

— Ladrão, safado! Foi pênalti, caralho!

— Ô, bandeirinha, você viu! Marca o pênalti, porra!

— Vai se foder, bandeirinha de merda. Ladrão!

O árbitro mandou os jogadores se afastarem e foi conversar com o bandeirinha, os dois tapando as bocas com as mãos. Os xingamentos e a pressão da torcida continuavam, e um torcedor tentou jogar um copo de cerveja no juiz, mas errou a mira, e o copo não passou o alambrado de vidro. Foi cercado por seguranças e virou alvo da raiva da torcida, que transferiu os gritos para ele.

— Tá louco? Quer fazer a gente perder o mando de campo?

— Otário! Tira esse idiota daqui!

Depois de quase dois minutos de conversa, o juiz apontou para a grande área e marcou o pênalti. Começaram as reclamações dos jogadores do Avaí, que cercaram o árbitro enquanto a torcida do América comemorava. Voltamos aos nossos lugares para esperar a cobrança.

— O bandeirinha só marcou porque a torcida ficou em cima, certeza — falei

— Também acho, a gente que marcou esse pênalti. No antigo Independência era pior. Você lembra? Teve um dia que o Ronaldo, meu amigo, subiu no alambrado e deu uma cusparada. Acertou em cheio a cara do bandeirinha. Bons tempos! Hoje não pode nem cuspir no campo mais.

O juiz colocou a bola na marca do pênalti, e o Fábio Júnior, batedor oficial, se posicionou. A torcida ficou toda de pé. Os tambores tocavam sem parar, em ritmo constante, enquanto as pessoas pediam gol! Gol! Gol! Gol! O Fábio Júnior bateu baixinho, mas a bola raspou na trave esquerda e foi para fora. O estádio enlouqueceu; voaram palavrões e copos de cerveja. A maior parte da torcida logo se sentou, resignada, mas um grupo começou a xingar o atacante, e vários torcedores faziam gestos para o Givanildo, o técnico, pedindo a substituição. Não demorou para o Fábio Júnior sair de campo debaixo de vaias. Daí em diante a torcida se acalmou, e, aos poucos, voltou a reinar o tédio.

— Sabe uma coisa que eu não entendo, pai? Quando esses ciúmes paranoicos da minha mãe começaram? Por que ela não foi sempre assim, né?

— Não. Quando a gente era novo, ela era diferente, e eu morria de medo da sua mãe perceber que era muita areia pro meu caminhão. Perceber e me largar. A gente até terminou por um tempo, ainda adolescentes, mas acabamos voltando. Claro, eu e ela brigávamos, mas como qualquer casal.

— A relação dela com minha avó sempre foi ruim?

— Que nada, elas eram super próximas! Amigas, até. Havia um distanciamento com seu avô, mas porque ele vivia fora, viajando a trabalho. Sabe, filho, eu nunca tinha pensado nisso. A gente se amava, levava um namoro tranquilo, carinhoso. Eu só comecei a notar o clima mais pesado, as cobranças, as brigas aumentando, com a gente já casado. Mas achei que era normal, entende? Desgaste natural do casamento, coisas da vida. Não aconteceu de uma vez, foi aos poucos.

— Mas e essa certeza que ela tinha de que estava sendo traída, pai?

— Ciúme é uma coisa comum. Em alguma medida qualquer pessoa tem, acho até que é hereditário. Seu Vô Olinto também era muito ciumento com sua Vó Diva. E o pai dele com sua bisavó, que não podia nem sair de casa, sabia? Se ele viajava, trancava as portas e selava as janelas.

— Mas isso é história do século passado, e o mundo já melhorou um pouquinho. Quero saber como era com vocês.

— Eu também era ciumento, até mais que sua mãe. Só que o ciúme da Laura foi subindo aos poucos, com o passar dos anos, e vinha sempre com histórias sem sentido. Quer dizer, no começo você até acha que pode ter alguma lógica, mas...

— Como assim? Você deu alguma razão para ela ter ciúme? Traiu ela de alguma forma? — perguntei, sem esconder a irritação.

— Não! Traição nunca. Ainda mais as que ela me acusava, de ter caso com amiga, prima, conhecida, vizinha. Jamais. Mas as brigas não começaram assim, vinham de acusações mais reais. Você olhou pra ela, Rodrigo. Não adianta disfarçar, você virou o olho pra bunda dela. Eu negava, dizia não, você tá louca, pirada, olha o escândalo. Mas tinha olhado mesmo. Homem, né? Então eu sabia que ela tinha razão de brigar, tinha direito de ter ciúme. Só que, bem aos poucos, as acusações foram subindo, fugindo da realidade. Até que eu percebi que não conseguia mais lidar com aquilo.

— Alguma coisa serviu de gatilho para que ela começasse a ter tanto medo de um complô familiar? — falei, colocando os pés na cadeira da frente.

O jogo permanecia lento. Uma parte da torcida já seguia para a saída, certa de que nada mais aconteceria. Outros tentavam cantar, pedindo raça. Meu pai olhava para o gol dos vestiários, vista perdida no canto oposto ao da partida, que naquele momento ocorria no meio-campo.

— Eu não faço a menor ideia do que foi. Como eu disse, na época achei que era só desgaste do relacionamento. Trabalho, gravidez, filhos pra criar, estudos, frustrações e falta de dinheiro. Depois, quando ela entrou pra igreja, todos passaram a culpar a religião. É esse pastor que tá colocando ela contra mim! Lembro bem que sua avó me disse isso uma vez, quando fui buscar vocês lá na casa dela. Até seu tio também começou a acreditar nisso. Mas não era, né? Já vinha de antes.

— A igreja culpou o diabo e até exorcizou ela.

— Então aconteceu mesmo? Sua mãe escreveu sobre isso numa carta. Pedia pra gente voltar, culpava o diabo pelas brigas anteriores. Mas, né? Acreditar em expulsão de demônios? Fora que ela nunca mudou, acho que dali pra frente as crises só pioraram.

— Pioraram como?

— Uai, antes ela jurava que estava sendo traída, mas só isso. Depois, o alvo da paranoia mudou, passou a ser sua avó, e sua mãe começou a dizer que ia ser assassinada. Tadinha da Dona Diva.

— Minha mãe precisava ter ido num médico, não só na igreja. Acho que estaria aqui hoje.

— Aqui? Acho que não, ela odiava futebol. Hoje, num jogo feio desses, até entendo. Tinha razão, Laura — disse, rindo. — Mas, filho, sua mãe chegou a ter tratamento.

— Teve? Quando?

— Logo depois que eu saí de casa. Ela passou um tempão num hospital psiquiátrico. Não me lembro bem o termo, mas acho que o médico falou em transtorno paranoide. Pelo menos foi isso que seu tio e sua avó me disseram, mas nunca entendi por que ela não continuou o tratamento. Depois da alta, acho que todo mundo fez pouco caso, preferiu acreditar que já estava tudo bem.

— O quê? Nunca soube disso!

— Você não se lembra? Sua mãe... Bem, ela foi encontrada caída no banheiro. Tinha tomado um monte de remédios. Quem a encontrou foi seu Tio Paulo. Eu falei que não aguentava mais e que estava terminando tudo. Pedi a separação. Ela ameaçou se matar, já tinha feito isso antes várias vezes, sempre que eu queria terminar a relação. Daquela vez eu não acreditei e saí de casa. Ela entrou pro banheiro e foi tirada de lá pelos bombeiros. Dali foi direto pro hospital e depois para um hospital psiquiátrico. Sua avó e seu tio decidiram que era melhor para ela. Eu não quis, mas sua avó disse que eu não tinha mais direito a opinar sobre a saúde da Laura. Seu avô estava viajando e soube da internação por telegrama, acho que ele nunca concordou.

— Eu não me lembro de nada, pai. Onde eu e a Mariana estávamos quando isso aconteceu?

Meu pai me olhava com cara de espanto. Ele tentou desconversar, disse que não valia a pena remexer naquilo e que, se eu não me lembrava de nada, talvez fosse melhor assim. Insisti.

— Você estava lá, filho. Foi você quem ligou pro seu tio. Primeiro tentou ligar pra mim, na casa dos seus avós, mas eu cheguei lá com a Mariana e comecei a desabafar com minha mãe. O telefone tocava sem parar. Eu falei não atende, mãe. Deixa tocar, é a Laura, vai recomeçar a briga toda, as acusações, e eu não aguento mais. Ficou tocando, tocando, tocando, até que eu arranquei o fio e joguei o telefone longe. Eu nunca me perdoei por isso, filho. Se não fosse você, tão pequeno, conseguir ligar pro seu tio... Ele chegou em vinte minutos, forçou a porta, chamou os bombeiros. Eu imagino como devem ter sido terríveis aqueles vinte minutos, e não é à toa que seu cérebro bloqueou isso. Até pensei em voltar para sua mãe, confesso, mas você percebe como era insustentável? Se eu falava em separação, ela ameaçava se matar e assim me prendia lá.

Meu pai passou o braço pelo meu ombro. O árbitro apitou o final da partida, e a vaia veio forte, acompanhando os jogadores ao vestiário.

— Se não ganha esse jogo, vai ganhar de quem? Série B é logo ali! Vai cair de novo.

— A partida que vem é contra o Corinthians? Estamos fodidos.

— Vou dar um tempo de futebol, filho. Cansei. Vir aqui pra passar raiva, ver um jogo chato desses. Volto ano que vem — reclamou meu pai, enquanto descíamos para o ponto de ônibus da Avenida Silviano Brandão.

— Vamos tomar uma goleada no próximo. Time sem vergonha esse que você me deu, pai.

— É o pior time do América que já vi! — disse ele.

— Você fala isso todo ano.

— Então a gente se vê na quarta, filho? Nos encontramos na Pitangui, lugar de sempre?

— Claro. Até quarta, pai.

13

Belo Horizonte, 21 de junho de 1990

Rosângela, amiga: eu não aguento mais. Há momentos em que penso em sair de casa e terminar meu casamento, levar meus filhos e nunca mais olhar para trás. Mas aí me vejo abandonada, cuidando dos meus filhotes sem a ajuda do pai, e choro sem parar. Porque todo pai tem vocação para a ausência, e é só tirar os filhos para o homem agradecer e sumir. Eu tenho quase trinta anos, duas crianças e nenhuma experiência profissional na minha área, então lógico que entro em pânico. Quem vai empregar uma mulher que há tanto tempo luta para completar a faculdade? Como vou conciliar filhos, estudo, casa e trabalho? Como vou ter experiência para garantir um bom emprego se nunca passo num processo seletivo?

No meio disso tudo, as brigas com o Rodrigo, que no começo do nosso casamento tinham desaparecido, são cada vez mais constantes. Brigo porque sei: ele me trai. Vejo ele olhando para outras mulheres na rua, babando em corpos alheios. Ele tá ali, fazendo isso na minha frente, e nega. Diminui meus sentimentos, me chama de doida, exagerada e ciumenta, o que só me deixa mais triste e ilhada. Tudo isso no meio de uma gravidez, quando nos preparamos para a chegada da Mariana. Logo seremos quatro. Ou serei só eu?

Ele, que na adolescência era puro ciúme, agora se revelou um mulherengo. Todo aquele ciúme dele, hoje percebo, era insegurança, e existe porque ele não é confiável. Me julgava pelo próprio reflexo. A coisa piorou por causa da gravidez. Ao não conseguir me tocar tanto quanto gostaria, ao não desejar mais meu corpo, procura satisfação em outras.

Até outro dia eu não tinha provas, só certezas. Mas isso também mudou. Eu vi ele e uma vizinha em frente ao Edifício Maletta. A mãe estava me levando para uns exames porque o Rodrigo tinha que trabalhar. Eu olho para o lado, e tá ele ali, todo animado. Entrou no prédio com a mulher, mão na cintura e papinho no pé do ouvido. Beijo no canto da boca. Eu vi! Gritei na hora, fiz um escândalo e queria que o táxi estacionasse. Ia tirar satisfação, enfiar a mão na cara deles. Mas minha mãe, que sempre fica ao lado dele, que garante que eu estou enlouquecendo e que herdei os ciúmes do meu pai, se recusou a parar. Jurou que não era ele, mas um cara nem tão parecido assim, e que aquilo era coisa da minha cabeça de grávida.

Ela tem pânico de desquite, essa é a verdade. Diz que divórcio não é coisa de gente de bem, católica, e que o homem não pode separar o que Deus uniu. Morre de medo do que as amigas vão pensar, do falatório que vai ser a missa. Eu também não quero o divórcio, eu também luto pela união, mas não posso aceitar tudo calada, prima. Não vou repetir minha mãe.

Se penso em sair de casa, choro. É terrível imaginar minha vida sem o Rodrigo, a quem amo, apesar de tudo. Se fico, desconfio, sofro, me sinto abandonada. Ele diz que tem que trabalhar e me culpa por ter tido que largar a faculdade, diz que trancou tudo pelo meu ciúme. É um exagero. A gente combinou: primeiro eu me formo, depois ele fecha a lanchonete para estudar, dessa vez comigo bancando a família. Nós temos contas para pagar. Que culpa eu tenho se meus estudos estão demorando mais do que eu imaginava? Ele também fez dois filhos, não fez?

Preciso de você, prima. Me liga um dia desses. Pode ser de tarde, o Rodrigo passa o dia todo na lanchonete. Quero conversar com alguém que me entenda. Meus amigos, todos envolvidos com as aulas que tranquei tantas vezes, desapareceram. Minha própria família acredita mais nas dores do Rodrigo que nas minhas. Até o Rafa, que deu para dizer que eu sou muito brava e a ficar ao lado do pai.

Acredita na versão do Rodrigo, talvez estimulado pela minha mãe. É normal, só uma criança acreditando na realidade que ensinaram para ela, por mais irreal que seja. Fora que é mais fácil acreditar no pai, que passa o dia inteiro longe de casa e não precisa educar e dizer não. Mas dói, me sinto completamente sozinha. Somos só eu e a Mariana, que logo vai nascer.

Saudade,

Laura.

14

Gabriela estacionou o carro na Praça Milton Campos, e descemos de mãos dadas a Avenida do Contorno até a casa de minha avó. Gabi vestia uma blusa laranja e fechou a jaqueta jeans assim que uma rajada de vento balançou as folhas das árvores. Quando paramos em frente ao portão, ela abriu novamente a jaqueta e conferiu o próprio reflexo num espelho de bolsa. Empurrei o portão enquanto Gabriela ajeitava o penteado uma última vez. Minha avó tomava banho de sol na garagem, sentada numa cadeira de praia verde e com uma xícara de café na mão. Atraída pelo barulho, uma pessoa surgiu na janela mais à direita, a que antes era o quarto de minha mãe. Um rosto quase idêntico, só mais jovem. Sorrindo, a Mariana acenou para gente e desapareceu dentro da casa. Foi um déjà-vu tão grande que desviei o olhar.

— Oi, Gabriela! Vem cá, filha. Deixa eu te dar um beijo — disse minha avó, que se levantou apoiando os braços na cadeira.

— Boa tarde, Dona Diva. Como vai a senhora?

— A Senhora tá no céu, minha filha. Eu sou só uma velha, mesmo.

— Como vão as coisas, vó? —falei, enquanto era envolvido pela juba prateada de Dona Maria Divina.

— Parabéns, filho! São quantos anos? Vinte e sete?

— Tá me envelhecendo, vó! Vinte e seis!

— Vinte e seis! Meu Deus, como passa rápido! Não esqueço da sua mãe nervosa, sentada no sofá da sala, contando para mim e para o seu avô que estava grávida. Ele ficou uma fera, vê se pode, Laura, grávida! Antes de se casar, de se formar, de construir a vida. Vocês vão viver onde? Vão pagar as contas como? O Rodrigo não tem onde cair morto, e você pede dinheiro até para ônibus, filha. Agora vai ser mãe! Eu tive que segurar a mão dele, dizer que o que estava feito não tinha volta. É como diz a Bíblia: a flecha lançada, a palavra dita e a oportunidade perdida jamais voltam. Essa, Olinto, é a oportunidade de conhecermos nosso primeiro neto. Você vai ser vovô! Aí ele olhou para mim, olhou para Laura e chorou. Claro que a gente não esperava um neto naquele momento, não era o ideal, mas e daí? No fim você foi uma bênção, Rafa. Você e a Mariana. Bênçãos. Agora, tão perto do fim da vida, eu quero outras bênçãos, então vocês tratem de me dar bisnetos antes que eu parta. Até porque pelo visto o tio de vocês não vai me dar ninguém.

— Não apresse as coisas, Dona Diva!

— O tempo de uma velha é outro, e eu já sofri demais para me importar com essas bobagens de casamento, igreja, fé. O fundamental é estar com alguém que você ama, dividir a vida com uma pessoa assim. O resto é bobagem. Então cobro bisnetos, mesmo! Já falei isso até para o Dom Serafim. Ele riu, disse que eu não tenho jeito.

Tio Paulo chegou em seguida. Depois dos cumprimentos, subimos a escada, ele de braços dados com minha avó, servindo de apoio. Ouvíamos o barulho da panela de pressão vindo da cozinha, onde a Mariana terminava o almoço. Assim que entramos, minha irmã apareceu, e minha avó aproveitou para supervisionar as panelas, enquanto meu tio abria uma garrafa de vinho e a Gabi e a Mari conversavam. Bebemos na sala até que minha avó nos chamou para comer. Depois do almoço, tive direito a um bolo de aniversário, parabéns para você, nessa data querida, muitas felicidades, muitos anos de eu sinto tanta falta da mãe de vocês, filho. Tanta! Vocês nem imaginam. Eu me incomodava com ela, cobrava demais. Reclamava do desemprego, da igreja, de ela morar aqui, às minhas custas. Serviu de quê? Para quê? Agora eu estou sozinha, sem filha e sem marido. O que Deus está querendo dizer ao me deixar sobrar aqui? Eu não entendo. Não tenho nada para fazer, meu tempo já passou, fico dias inteiros chorando, pensando nos meus mortos. Minha vida é dor e saudade.

Apertei a mão de minha avó enquanto meu tio dizia que datas comemorativas são mesmo difíceis, o aniversário do papai, da Laura, o Dia das Mães e o Natal, todas essas datas que nos lembram deles. A Mariana se levantou para cortar o bolo, mas sem esconder a irritação. Não vamos falar disso, gente. Poxa, já é tão complicado, todos os dias são tão difíceis, não só hoje. Chega! A gente precisa de paz. Ou pelo menos tentar ficar em paz, disse minha irmã, enquanto cortava de forma brusca vários pedaços do bolo, que se despedaçava. A Mari largou a faca e distribuiu as fatias. Embaixo da toalha de mesa vermelha com bolinhas brancas, a Gabi apertava minha mão, um gesto de consolo e também um pedido para mudarmos de assunto.

Em seguida voltamos para o jardim, ocupando as cadeiras de praia e os bancos de concreto. Eu abri mais uma garrafa de vinho, e minha avó resgatou um álbum de fotografias do armário da sala e mostrava as lembranças para a Gabriela. O Tio Paulo aproveitou esse momento e chamou a Mariana e eu num canto. Explicou que o Oliveira tinha largado o caso da minha mãe.

— Foi quase um ano e meio de investigação, e ele não tem para onde avançar. O suspeito nós já sabemos quem é, mas daí a provar o envolvimento, sem o apoio da polícia, é impossível. Eu queria outro desfecho para isso, mas já estava ficando muito caro, meses pagando o sujeito para não trazer nenhuma novidade. Até o nome do tal do Vagner vocês que conseguiram. Não sei se tem algo mais que a gente possa fazer, talvez achar outro detetive, alguém que tenha coragem de enfrentar a pressão que a igreja está fazendo para abafar o caso.

— Não precisa, tio. Pra quê? — disse Mariana. — Que bem vai fazer isso? Eu só quero seguir em frente. A gente tentou, você tentou, gastou um dinheirão, e te agradeço por isso. Gostaria de um dia retribuir.

Meu tio consentiu em silêncio e se juntou à minha avó, que o chamava, mostrando uma foto em preto e branco em que apareciam ela, Vô Olinto e um bebê. Peguei a garrafa e servi um pouco mais de vinho para mim e Mariana.

— Não é estranho isso? — perguntei à minha irmã.

— Estranho o quê, Rafa?

— O Oliveira largar o caso, e o Tio Paulo deixar. Sei lá, parece que todo mundo desistiu. Aceitaram não saber e não querem ajudar mais.

— Como assim? Ele tava pagando o cara até agora e nunca cobrou um real da gente. Não dá para correr atrás disso pra sempre.

— Enfim, deixa pra lá. Estive com o pai ontem. Conversamos bastante sobre a perda da mãe.

— Uai, se encontraram onde?

— Fomos ao jogo. Achei que você não iria, por isso nem falei nada.

— Foda-se o jogo, Rafa. Mas, poxa, gostaria de estar com vocês, conversar, ouvir o que ele acha disso tudo. Vocês sempre me isolam.

A Mariana nunca escondeu o incômodo com a relação que eu e meu pai temos, mediada pelo futebol. Minha irmã até acompanhou a gente em alguns jogos, quando éramos crianças, mas jamais foi estimulada a transformar aquilo num evento, o esporte transfigurado em fé e vício.

— Mari, você não gosta de futebol.

— Que chance eu tive de me envolver, Rafa? Ele te levava aos jogos desde criança, mas não eu, estádio não é ambiente pra menina. Tem palavrão demais, filha, confusão demais, filha, gritaria demais, filha. Eu tinha que ouvir essas desculpas de merda e ficava em casa. Você ganhava camisa de time, assistiam juntos aos programas esportivos, conversavam sem parar. Eu? Nada.

— Mas então vamos mudar isso.

— Tem que mudar mesmo! É péssimo descobrir que a única conversa real que meu pai tem sobre a morte da minha mãe é num estádio, e, olha só, eu não fui convidada. De novo! Você acha que é fácil pra mim? Eu morava com ela, você não. Ela era muito mais parecida comigo do que qualquer outra pessoa. Eu me sinto deslocada nessa família agora, não tem lugar pra mim.

— Ser parecida com ela é uma coisa boa, não? É olhar pra você e ver a mãe, eu sempre me choco com as semelhanças. Engraçado, porque antes eu não notava isso. Já a mãe, se tivesse envelhecido, seria a cara da vó.

— Vocês me olham e pensam nela. Você não diz nada, mas sei que pensa. O pai é pior. Toda vez que me vê, diz que eu sou a cara dela, chora, lamenta. Isso é fácil, Rafa? Ou um sofrer sem fim? Quer saber? Eu estou mesmo é feliz que não tem mais detetive particular, especulação e investigação. Cansei de desgraça, quero um ponto final nisso e seguir em frente. Vou recolher os cacos e ver o que sobrou.

A Mariana falava cada vez mais alto, o que fez com que minha avó e meu tio olhassem para gente com cara de preocupação. A Gabriela aproveitou a deixa para ir ao banheiro e se afastar dali. Pedi desculpas por não ter chamado a Mari para o jogo e a convidei para o próximo. Minha irmã fazia que não com a cabeça, enquanto tirava um cigarro do bolso e acendia.

— Que foi? Aqui fora a vovó não liga, e quem se importa não está mais aqui, então vá se foder, porque vou fumar mesmo.

— Não falei nada — disse, me sentando no banco de concreto. — Mas me conta do seu estágio. Como está?

— Não tem nada pra contar. É um estágio. Salário ruim, trabalho pior. Eu tenho vontade de fugir. Mudar de cidade, de país. Fazer um intercâmbio, sei lá. Passar um ano longe disso tudo. Você não tem?

— Não. Nenhuma.

— Isso é porque você não estava aqui quando aconteceu. Até os cachorros dos vizinhos já farejavam o medo que exalava desta casa, depois do sumiço dela. Ligaram do IML no meio da madrugada:

tem um corpo aqui para ser reconhecido. Da Laura. Você conhece? Eu achei que eu ia morrer, Rafa. Tive que me sentar, o telefone caindo da mão, vovó me perguntando o que tinham dito. Ela gritava: quem é? O que disse? Diz alguma coisa, filha! É a sua mãe? O Tio Paulo arrancou o telefone da minha mão, eu ali, sem voz, e continuou a conversa. Ele confirmou a notícia pra vovó, ele foi ao IML reconhecer o corpo, ele cuidou do velório, ele avisou todo mundo. Eu? Eu esperei. Esperei por quase dois dias, depois que ela saiu de repente e largou o almoço no fogão. Esperei pelo telefonema. Depois, esperei mais dois dias, até você voltar. É difícil pra você, eu imagino, mas é horrível pra mim. Eu entendo você ter medo de sair da cidade, ter medo de estar do outro lado do país e o telefone tocar. Já o meu medo é ficar, é estar ao lado do telefone que toca aqui. Eu tenho que fugir dessa casa.

Sentada no outro lado do jardim, minha avó perguntou se queríamos um café. De volta do banheiro, a Gabi se aproximou e colocou a mão no ombro da Mari.

— Então vai — eu disse. Escolhe um país legal e vai passar um ano fora.

— Mas quem disse que consigo? A gente precisa de terapia, Rafa. Essa família toda. Terapia de verdade, não noventa minutos de palavrões, tristeza e raiva na frente de um campo de futebol. Sabe, a gente custou a perceber os delírios insanos da mãe. Mas não aprendemos nada com isso: só ela tem esses problemas aqui? Ou todos nós? Você, eu, o tio, a vó, cada um com a sua crise, cada um com sua maluquice, e todos com depressão. Um contagiando o outro.

— Você está certa.

— A gente está há um ano procurando um assassino — disse minha irmã, enquanto apagava o cigarro num cantinho de parede ainda não esverdeado pela hera. — Eu, você, toda a família se recusa a acreditar, mas a verdade é que ela pode ter se matado. É o mais provável, inclusive. E daí que ela recebeu um telefonema naquele dia? E daí que foi encontrada na cidade do Vagner? Isso pode não ter nada a ver com o desfecho, pode ter sido só um gatilho, você mesmo disse. Vai ver ela se cansou, resolveu acabar com o sofrimento e encerrar as perseguições e traições. Rafa, a gente está agindo do mesmo jeito que a mãe fazia. Preferimos acreditar em histórias mirabolantes e paranoicas do que encarar uma verdade simples. A Vó Diva e o Tio Paulo com esse delírio de culpar a igreja; eu e você com essa obsessão com o Vagner.

— Mas e se esse Vagner fez alguma coisa com ela, Mari? Como a gente segue em frente sabendo que ele escapou?

— Você prefere acreditar numa trama envolvendo toda a polícia e até o governador do que aceitar o que aconteceu, Rafa. A verdade, a única verdade, é que a mãe está morta, e todos nós temos um pouco de culpa nisso, mesmo que não da forma como ela imaginou. Foi a cada palavra dita, a cada briga e a todo abandono. A gente nem sabia que ela tinha namorado. Como pode? Então a culpa é nossa, sim. Nós matamos a mamãe aos poucos. Sempre que eu, você, o papai, a vovó, o vovô e o Tio Paulo negamos o acolhimento que ela precisava. Fizemos pouco caso. Você não sente isso?

— Todo dia — respondi. — Eu sinto que a morte dela foi um assassinato coletivo. E que o Oliveira achou vários culpados ao entrar nessa casa. Mas como ele poderia entregar a família que o contratou?

Meu tio se aproximou e pediu para mudarmos de assunto. De longe, minha vó ouvia tudo e chorava. A Mari pediu desculpas, entrou na casa chorando e foi para o banheiro, enquanto Vó Diva me levou até o quarto dela e a Gabi se ofereceu para passar o café. Minha avó abriu o armário e tirou de lá um envelope pardo já rasgado nas pontas. Sentou-se ao meu lado, na cama, e entregou o envelope. Eram dezenas de cartas escritas pela minha mãe. Sorri ao reconhecer a letra. Semanas antes, ao conversar com minha avó pelo telefone, eu tinha desabafado: não sabia nada sobre minha mãe antes de eu nascer. Há coisas que aprendemos tarde demais, quando chegam os cabelos brancos ou o preto do luto, e só me interessei pelo passado quando não havia mais presente. Como foi a infância dela? Quais eram seus medos, seus sonhos e desejos? Do que ela abriu mão ao amadurecer, engravidar e envelhecer?

— É a correspondência que sua mãe enviou para a Rosângela, a prima de Recife que era a melhor amiga dela. Liguei para lá esses dias e expliquei a conversa que tivemos. Minha ideia era que ela te telefonasse, para contar algo da Laura. Ela falou que vai fazer isso, mas também se ofereceu para organizar essas cartas e mandar pelo correio. Eu mostrei para sua irmã, mas ela não quis ler. Quem sabe assim você não conhece um pouco mais dessa outra pessoa? A sua mãe antes desse diabo de igreja. Ela era tão feliz!

— Minha mãe já sofria antes da igreja, vó.

— Claro que sofria. É a vida. Você sabe por que a vó se chama Maria Divina? Meus pais tiveram duas meninas antes de mim: Maria Laura e Maria Beatriz. As gêmeas eram lindas, perfeitas, sonhos da mamãe. Ela contava que, quando minhas irmãs nasceram, ela chorou e sorriu ao mesmo tempo. Alegria, dor e ansiedade, tudo junto. Minhas irmãs morreram pouco depois do nascimento. Tiveram enterro de anjinho, as duas minúsculas nos caixõezinhos vermelhos, que foram carregados da casa dos meus pais pelas crianças da vila, todas vestidas de branco. Não podia adulto no enterro, e era a infância que carregava a morte.

— Como elas morreram, vó?

— Eles chamavam de mal dos sete dias. Mal ou maldição? Não lembro. O importante é que ninguém sabia a causa: uma noite o bebê tinha dificuldade de mamar e não parava de chorar. Depois, começava a contrair as mãozinhas, a ter espasmos, ficava todo duro, todo torto. Nessa hora papai já estava ajoelhado no oratório, esse mesmo onde eu rezo todos os dias, pedindo um milagre, enquanto mamãe só chorava, chorava. Até que elas amanheceram mortas.

Os pais de minha avó viviam num distrito de Ouro Preto. Um lugar minúsculo, com menos de mil habitantes, e onde não havia hospitais. Nascimentos, doenças e mortes eram anunciados pelos sinos da igreja — a vila inteira rezou por meus bisavós quando os primeiros sintomas surgiram e o sino começou a tocar. Mesmo médicos eram visitas esporádicas, peregrinos enviados pela capital apenas quando começava alguma epidemia. A doença que levou as irmãs de minha vó gerava pavor, mas não era maldição. Era tétano, causado pelo corte do cordão umbilical com instrumentos sujos e que carregavam o *Clostridium tetani*. Uma vez infectada, a criança começa a apresentar os sintomas em uma semana. Hoje, três doses de vacina nas grávidas e a esterilização dos instrumentos usados para cortar o cordão umbilical aprisionaram o tétano neonatal no passado.

— Mamãe pronta para parir, e a parteira chegava. Ela ia até a porta, que era de uma madeira bem rugosa, para esfregar as mãos. Esfregava, esfregava, esfregava até sair toda a sujeira acumulada debaixo das unhas, porque ela trabalhava o dia inteiro na roça, então ficava uma podridão de terra lá. Não tinha onde lavar as mãos para fazer o parto, acredita? Meu pai me contou! Se nem lavava as mãos, ia esterilizar tesoura para separar a mãe da filha? Claro que não. A vida dói, mas já doeu mais.

— Como seus pais conseguiram seguir em frente, vó?

— Passou, filho. É sempre assim: aos pouquinhos o tempo vai encobrindo o sofrimento e cria outros amores, e essa é a forma encontrada pelas pessoas para que a vida não seja só agonia. Quando mamãe ficou grávida de mim, havia mais medo que felicidade naquela casa. Por isso, acrescentaram o Divina no meu Maria: uma promessa a Deus. Mamãe e papai se pegaram com Nossa Senhora, e deu certo. Você não imagina a festa que fizeram no meu oitavo dia, eles diziam que foi meu primeiro aniversário. Olha eu aqui, com mais de oitenta! Eu sou a prova da fé católica, filho. Não podia aceitar filha crente, ainda mais dessa igreja. Vi você e Mariana falando sobre sua mãe. A Laura não era paranoica nem doente mental. Sua mãe não era louca, só era triste por causa da igreja, que fez uma lavagem cerebral nela.

— Vó, meu pai disse que ela foi internada em um hospital psiquiátrico e recebeu até diagnóstico de uma psicose. Tudo isso antes da igreja.

— Eu me arrependo tanto dessa internação. A gente achava que estava cuidando dela, e só anos depois soubemos das crueldades que aconteciam naquele lugar. Acho que sua mãe nunca me perdoou.

— Mas e o diagnóstico de transtorno mental?

— Rafa, o sofrimento é da vida e nem sempre é doença. Ela tinha acabado de passar por uma separação e perdeu a família, óbvio que ela estava sofrendo. Mas sua mãe teve alta, veio para casa e melhorou. Era uma pessoa saudável e normal até ser seduzida por aquela seita. Você sabia que o pastor jurou jogar a Laura contra mim? Eu fui lá tirar satisfação, e ele disse, com todas as letras: eu vou fazer sua filha te odiar.

As brigas de Vó Diva na igreja de minha mãe foram constantes. Quando minha mãe se converteu, em várias ocasiões minha vó entrou no templo gritando, exigindo saber onde era a sala de lavagem cerebral e onde estava o dinheiro que minha mãe deixava diariamente ali. Ela foi cercada por pastores já na primeira vez. Mãos suplicantes levantadas aos céus, oração, sai desse corpo, liberta ela, Senhor Jesus. Que é isso, moleque? Você está doido, isso aqui não é o diabo falando, não. É uma mãe indignada! Devolvam minha filha!

Minha mãe apareceu, eu e a Mariana atrás dela, enquanto centenas de pessoas olhavam a confusão. No altar, um pastor cantava e pedia que todos fechassem os olhos e orassem.

— É aqui que eu me sinto feliz e realizada, mãe. Você vai ter que entender e me abraçar, até porque esse é um dos pedidos que faço a Deus. Para que ele abra os olhos, os seus e os do meu pai, traga vocês para a igreja, livre vocês das chamas do inferno, que é o lugar destinado para quem segue a ídolos, não ao Deus verdadeiro. Isso vai acontecer, porque minha fé é grande.

Naquele dia, Vó Diva voltou para casa sem a filha, que não quis deixar o culto, mas com os netos — eu e a Mariana fomos arrastados para um táxi. Os seguranças da igreja memorizaram o rosto de minha vó. Era só aparecer aquela senhora que eles colavam ao lado dela.

Vó Diva ainda estava nessas lembranças quando agradeci pelas cartas, prometi que as leria com carinho e perguntei sobre aquela prima pernambucana.

— Aquela Laura segue viva em você e na Mariana. Minha filha sonhadora, com desejo de desbravar o mundo e pressa de viver. Você deveria seguir o exemplo dela, Rafa.

— Talvez um dia, vó.

Fomos para a cozinha, onde Tio Paulo, Gabriela e Mariana conversavam. Servi o café e mais um pedaço de bolo, que comi em silêncio.

15

Belo Horizonte, 24 de maio de 1993

Querida Rosângela,

Sei que você ficou preocupada com as desgraças que tomaram conta da minha vida, mas estou caminhando. A separação do Rodrigo foi devastadora. Minha família se rompeu, meu filho se afastou de mim ao me culpar pelo término, e minha filha adoeceu.

Eu errei, prima. Errei ao me entregar ao ciúme, que é a podridão dos ossos. Errei ao me desesperar, em querer desistir de mim e dos meus filhos — e como consequência fui parar no pior lugar do mundo. Eu dormia num colchão duro e sem lençóis, fazia minhas necessidades em banheiros nojentos e estava quase sempre imunda. Vivi cercada por loucos, mulheres que andavam nuas e homens que gritavam para o nada. Fui agredida, isolada de minha família e proibida de ver meus filhos. Permaneci semanas sedada e incapaz de articular meus próprios pensamentos. Aquilo não era tratamento, mas um depósito de pessoas indesejadas.

Minha família me internou numa tentativa de me proteger, mas não fazia ideia do inferno que é aquele lugar. Quando o papai voltou de viagem e foi me visitar, percebeu o meu estado e me tirou dali. Saí muito pior do que entrei, te garanto. Quando voltei, minha casa já não existia mais. Meus móveis, minhas plantas, meu marido: tudo evaporou junto com meu casamento. Estava de volta à casa dos meus pais, mas vagava num fluxo de minha consciência. Permanecia presa ao grito, ao uivo que dei quando o Rodrigo terminou comigo. Um grito tão agoniado que me rompeu ao meio e dilacerou a infância dos meus filhos.

Então abracei aquilo que por anos tratei como piada: a fé. Não a fé beata de minha mãe, mas uma fé desesperada e sem destinatário. Um dia, tranquei a porta do quarto e me ajoelhei na beirada da cama. Conversei com Deus, com os santos, com os anjos. Implorei aos mortos, aos vivos, aos deuses conhecidos e desconhecidos. Me humilhei para qualquer entidade que quisesse me ouvir. Fiquei ajoelhada por horas, afogada na súplica, no desejo de ter minha família de volta. Meus joelhos eram brasa, mas eu não notava; meus músculos eram só espasmos, mas apenas meus lábios se moviam. De joelhos, ouvi as batidas, os murros e o arrombar da porta. A madeira cedeu e nem o estrondo me despertou — eu só pensava em outra porta, aquela que se bateu atrás do Rodrigo. Na porta que se fechou para mim. Rezei mais, finquei os joelhos no chão para que ninguém me levantasse. O Paulo me olhava com as mãos na cabeça — graças a Deus, ela tá bem — ouvi ele dizendo. O que você fez, Laura? Você tomou alguma coisa de novo? — gritava minha mãe. Papai tentava me levantar, a Mariana chorava abraçada ao Rafa. Eu vi tudo aquilo, sofri todas aquelas dores, mas não conseguia me mexer. Não conseguia parar de rezar. Naufragada na minha tristeza, perdida no meu abandono, eu era incapaz de escapar da dor maior de todas, um sofrimento tão intenso que tornava espectral tudo o que doía fora de mim.

Fui levantada e levada para o hospital. Examinada, apalpada, abraçada e medicada. Os médicos sugeriram me internar em outra casa de loucos, mas o papai disse não e me salvou. Voltei para casa e lá me recuperei, ao longo de semanas.

Quando fui capaz de falar, quando meus pés resolveram caminhar e os olhos enxergaram o mundo além do meu grito, eu tinha tomado uma decisão. Eu vou ser feliz, prima. Tenho muito a viver e a conquistar. Ainda não sei o caminho, mas vou descobrir. Espero que você esteja nele.

Um abraço da sua amiga, que ficou comovida com sua preocupação e carinho.

Laura.

16

Quando cheguei ao bar, cerca de uma hora depois da mensagem da Gabriela, ela e o Henrique já estavam no quinto chope. Junto com a jukebox, eles cantavam *It's a beautiful day, don't let it get away, it's a beautiful day*. Era sexta-feira, e naquele dia eu não tinha me encontrado com os dois na redação: meu turno havia começado às quatro da manhã; eles pegaram serviço juntos, depois do almoço. Arrancado da cama no meio da madrugada pelo despertador, chamei um táxi e cruzei a cidade adormecida. Nas ruas, os funcionários da Superintendência de Limpeza Urbana recolhiam montes de lixo deixados no dia anterior e preparavam a cidade para a manhã seguinte. Ao passar pela Praça Sete, testemunhei a volta para casa dos últimos fregueses, que viam as portas dos bares se fecharem atrás deles. Paradas na calçada e observando os carros, garotas de programa tentavam transformar boêmios em clientes. Num ponto de ônibus próximo à Praça Tiradentes, um carro parou ao lado de três mulheres. Após segundos de pechincha, duas delas entraram no veículo, que sumiu Afonso Pena acima.

Trabalhar nesse horário não era incomum pra mim, afinal a redação nunca ficava vazia. Em ocasiões assim, a única vantagem era largar o serviço pouco antes do meio-dia. Não que eu usasse as tardes livres. Foi o caso daquela sexta: eu deixei a firma, segui direto para casa e dormi até anoitecer. Acordei com os gatos pedindo comida, mas só me levantei mesmo quando o telefone começou a anunciar as mensagens da Gabriela, o brilho da tela iluminando o quarto. Já acordou? Vem para o Stadt Jever! Aconteceu uma coisa incrível. Curioso, perguntei para Gabi qual era a boa nova, mas ela se recusou a dizer pelo telefone. Tomei um banho apressado e saí de casa. Minutos depois eu já estava no circular, um ônibus que percorre, dia e noite, os doze quilômetros da Avenida do Contorno, envolvendo o centro de Belo Horizonte. Desci pouco depois do Tobogã e quase em frente ao bar, que tem três bandeiras da Alemanha acima da placa verde. As paredes da fachada foram feitas com hastes de madeira diagonais, em estilo enxaimel, e lembram as casas de arquitetura germânica. A entrada é por uma portinha de madeira ladeada por janelas com cortinas brancas. Lá dentro, mesas rústicas de todos os tamanhos se espalham pelo ambiente, e as paredes são decoradas com mapas de cidades bávaras, fotografias de símbolos do país, como o piloto Michael Schumacher, e velhos barris de cerveja. Encontrei-os numa mesa com duas cadeiras no fundo do bar, uma parte mais escurinha, favorita dos casais, e onde eu e Gabi sempre ficávamos.

— Consegui pegar nosso cantinho! — comemorou Gabi, interrompendo a cantoria para me cumprimentar com um beijo.

— Uai, Henrique. Não sabia que você estava aqui — eu disse, enquanto procurava com os olhos uma cadeira vazia nas mesas mais próximas.

— Precisamos comemorar. A Gabi já te contou? O Silviano aprovou a pauta! Amanhã sai a primeira matéria da série.

A confirmação de uma notícia tão esperada exigia um brinde, o que fizemos assim que eu consegui me sentar e meu chope chegou. Eu queria saber tudo, em detalhes, e a Gabi se apressou a contar. O Silviano tinha chamado toda a cúpula do jornalismo em sua sala, que pairava num deck numa das pontas da redação. Ele elogiou as reportagens e quis conversar com os jornalistas envolvidos. O Henrique chamou a Gabriela, mas explicou que eu tinha trabalhado de madrugada e que naquela hora já estava em casa. Não escondi a chateação ao descobrir que havia sido excluído daquele momento.

— Tá louco? Sei bem como esse horário da madrugada é terrível. Se estou nele, durmo a tarde inteira. Não tinha sentido te acordar só por isso. Fora que você ia demorar a chegar na redação. A reunião foi rápida, menos de vinte minutos — disse Henrique.

— Eu estava lá representando a gente, Rafa! Foi incrível, todo mundo elogiando — completou Gabriela.

Aprovada a pauta, começou a correria: era necessário entrar em contato com todas as partes citadas na reportagem e pegar o posicionamento delas. Uma etapa jornalisticamente importante, mas que só podia ser feita horas antes da publicação, para não entregar aos envolvidos o teor da matéria. Foram contatadas as assessorias do Governo do Estado, da Polícia Civil, da Polícia Militar, do ex-governador, agora senador, e do antigo secretário de segurança pública, que tinha sido eleito deputado federal. Como esperado, os acusados negaram tudo e pressionaram o Silviano, que passou a tarde atendendo telefonemas que pediam o cancelamento da reportagem. Na Assembleia Legislativa, o líder da oposição prometeu uma devassa nos números de violência apresentados pela administração estadual. Antes mesmo da publicação da primeira reportagem, nossa série já tinha se tornado uma guerra política.

No começo da noite o jornal foi enviado para a gráfica, e a publicação já estava pronta para entrar no site. Na manhã seguinte a denúncia inundaria o estado.

— Sobraram elogios até pra mim, por ter coordenado o trabalho de vocês. Mas eu não peguei a fama, viu? Deixei claro que meu único papel foi incentivar a investigação. Mesmo assim, acho que vocês ainda vão me garantir um aumento — disse Henrique.

Tomei três chopes até o momento em que decidimos que a celebração merecia mais gente. Liguei para Mariana, que desceu o Tobogã da Contorno a pé e chegou em dez minutos, reclamando de não ter sido avisada antes. Logo mais colegas deram as caras, e perto da meia-noite já estávamos numa mesa para quinze pessoas. Quando chegou, o Pedro pediu uma rodada de rum bum para todos, um drink servido numa colher com café e açúcar e tomado com três doses seguidas de rum. Dois garçons recalibravam simultaneamente as colheres, e a cada dose o Pedro fazia um brinde ao jornalismo e à caça aos políticos safados.

A Gabi e a Mari conversavam, e minha irmã amadurecia a ideia de morar fora do país por um tempo, aproveitando o valor baixo do dólar, que era vendido por cerca de R$ 1,80, e o bom momento da economia brasileira. Estávamos no começo do governo Dilma, e o Brasil, que tinha acabado de superar a Grã-Bretanha e se tornar a sexta economia do mundo, vivia uma sensação de que tudo era possível. Minha irmã falava do Canadá, da Irlanda, de Malta e da Austrália, e logo a mesa virou um mergulho no futuro, que enfim voltava a existir.

Eu vivia o alívio, uma das mais intensas sensações possíveis. Seja de ataque cardíaco, assassinato, suicídio ou câncer, quando nos morre alguém, sempre lidamos com as mesmas perguntas: eu poderia ter feito algo para evitar isso? Ainda posso mudar alguma coisa? As respostas são sempre negativas, mas faz parte do luto não acreditar. Naquela noite eu senti um alívio que nunca mais se repetiu, o de saber que tinha feito algo.

— Desculpa por aquele dia na casa da vó, tá? Eu estou muito orgulhosa e tenho certeza que a mãe também — falou Mariana, que estava sentada ao meu lado.

— Eu sei que essa reportagem não explica o que aconteceu com ela, e vai ver até foi suicídio mesmo, mas eu não estava louco. Pode ter sido assim.

— Talvez a gente nunca saiba o que aconteceu com ela, Rafa. Mas o foco não é só esse: olha o que essa reportagem significa para um monte de gente, olha quantos crimes foram escondidos e agora poderão ser investigados. Isso é incrível!

Às três e meia da manhã, quando o garçom informou que a casa estava encerrando o atendimento, pagamos as contas e continuamos a bebedeira do outro lado da Avenida do Contorno, no Rei do Pastel, um boteco na esquina da Rua Professor Moraes que funciona vinte e quatro horas por dia, sete dias por semana.

Pegamos uma mesa na calçada, a cinquenta metros de uma banca de jornais. Ainda estava escuro quando uma van parou ao lado da banca fechada, descarregou vários pacotes e os guardou numa portinhola lateral. Uma hora e meia depois, com o dia já clareando, chegou o jornaleiro. Trôpegos, abordamos o homem antes mesmo que ele terminasse de abrir a banca e compramos vários exemplares do jornal. Nossos nomes na capa.

17

Eu terminava uma reportagem sobre o jacaré da Lagoa da Pampulha quando o Henrique me ligou, dizendo que eu deveria ir até a sala do Silviano. O assunto só poderia ser a série de reportagens, que naquele momento já tinha saído em quatro edições do jornal. A denúncia repercutiu na imprensa de todo o país, merecendo citações em outros jornais e até na televisão. Desde sábado, parentes de pessoas que tinham morrido em condições nunca esclarecidas ligavam para a redação e se ofereciam para contar suas histórias, o que permitiu que eu e a Gabriela começássemos mais textos para a série, com a repercussão da denúncia.

O impacto político tinha sido massivo. Os acusados chamavam as reportagens de ataque do partido da imprensa; seus opositores ameaçavam a criação de uma CPI para esmiuçar os dados de violência e a política de segurança pública do governo anterior. As assessorias de imprensa dos políticos envolvidos ligavam para o Henrique sem parar, que ouvia as reclamações, mas não as repassava para gente. Houve também o caso dos telefonemas. Números me ligavam no celular, perguntando: você está bem, Rafael? Está tomando cuidado? E desligavam. Às vezes, só ficavam em silêncio, sem falar nada, respirando do outro lado da linha. Isso aconteceu várias vezes ao dia, sempre de números diferentes e desconhecidos. Nunca entendi por que eles ligavam só para mim, jamais para a Gabi. Na terça à noite, preocupada comigo, ela comentou sobre isso com o Henrique, que pediu um carro da empresa para nos levar em casa, uma garantia a mais de segurança.

Quando entrei na sala do Silviano, o Henrique e a Gabriela já estavam lá, além de uma mulher que eu só conhecia de encontros rápidos no corredor e que permaneceu calada e fez anotações durante toda a reunião, uma advogada. Ansiosos, aguardamos enquanto o Silviano terminava de digitar. Atrás do chefe, as paredes de vidro davam uma visão completa da redação, dezenas de pessoas trabalhando abaixo dele. Careca no topo da cabeça, mas com cabelos grisalhos nas laterais, o Silviano é só um pouquinho maior que a Gabi. Para não chamar atenção para seu um metro e sessenta, ele raramente se levanta ao receber as pessoas e usa sapatos sociais com salto. O diretor do jornal é metódico e sempre veste ternos num tom cinza claro, variando apenas a cor da gravata — naquele dia era azul. Assim que terminou de digitar, ele olhou para mim e para a Gabriela.

— Que bela reportagem vocês fizeram! Pena que vamos ter que interromper a série. As que estão online ficam mais umas semanas, para a retirada não chamar atenção, e depois sairão do ar. Henrique, eu preciso que você cuide disso.

— Tiradas do ar? Por quê? Ainda temos várias matérias para publicar, não tem sentido interromper agora — quase gritei.

— Quem determina se há sentido ou não sou eu. Você só acata — disse Silviano, depois de me observar por alguns segundos. Ele olhou novamente para o computador, digitou algo e só então continuou a falar, olhos fixos na tela.

— Este aviso é uma cortesia, afinal a redação inteira acabou de ser informada por e-mail. Vocês não têm culpa do que ocorreu. O erro foi meu e do Henrique, que deixamos um assunto tão sério na mão de dois focas. Quer dizer, mais seu, né, Henrique? Eu te avisei para passar a pauta para repórteres experientes. Você insistiu em deixar com eles, falou que ia supervisionar. Eu, até por empatia pela sua perda, porque sei como é dura a dor do luto, deixei passar — disse, olhando para mim no fim da frase.

— O trabalho deles foi bem-feito, e essa pressão toda é a prova disso, Silviano. Você sabe que a história é real, tem fundamento e está muito bem apurada — disse Henrique. A Gabriela mencionou as ligações com ameaças, mas Silviano fez pouco caso.

— Ouvi dizer que até carona no carro da empresa vocês pegaram ontem. Me faltava essa! Henrique, como que o trabalho foi bem-feito se a fonte primária deles negou tudo?

Estremeci. A entrevista com o Arcanjo não tinha sido a única, mas nos levou a todas as outras e sem dúvida foi a mais contundente, a base das reportagens. O Silviano olhou de novo para mim e para Gabriela e continuou a falar, agora num tom de voz mais elevado.

— A Folha procurou o tal do Arcanjo para confirmar as acusações, e ele negou tudo. Disse que mentiu para vocês, que aproveitou que os repórteres eram inexperientes, novinhos, na exata palavra que ele usou. Ele garantiu que só queria sacanear a imprensa, provar que jornalista não presta para nada.

— Mas a gente tem a gravação! As outras fontes que confirmaram tudo, os dados, os personagens. A história é real, Silvano. Isso aconteceu — eu falei, olhando para as paredes de vidro para não ter que encará-lo.

— O erro de vocês foi fazer desse Arcanjo o alicerce da reportagem. Agora que ele pulou fora, não importam as outras fontes, os dados e os personagens. A fonte principal está comprometida. Vocês percebem a gravidade disso? O senador não para de ligar! O presidente do jornal me convocou, vou levar um esporro danado — disse Silviano.

Ficou claro que o Arcanjo tinha sido ameaçado e por isso mudava sua versão. Foi o que defendi, hipótese rechaçada pelo Silviano.

— Por que a gente não divulga a gravação? Só reforçaria o que ele disse antes, deixando claro que alguma coisa causou essa mudança — disse Gabi. Henrique permanecia mudo, ciente de que aquela era uma luta inútil e de que a decisão já estava tomada. Silviano acrescentou mais um detalhe à história.

— Eu até poderia divulgar a gravação. O problema é que a fonte não nega que falou essas coisas com vocês. Ela nega o que falou. Juntem isso com o histórico psiquiátrico desse tal de Arcanjo... Vocês sabiam disso, né? Sabiam e esconderam! — disse, percebendo nosso desconforto.

Major Arcanjo tinha sido afastado do trabalho diversas vezes e estava de licença quando nos deu a entrevista. Todos os afastamentos tinham sido com laudos de psiquiatras: depressão, ansiedade e crises de pânico. Ele tinha um pedido de aposentadoria por invalidez em andamento.

— Como você deixou isso passar, Henrique? Eu tive que telefonar para o Frias Filho e implorar para que a Folha não publicasse uma matéria sobre isso. Imaginem a perda de credibilidade que teríamos, pensem na vergonha. Nossa fonte é um doido da Praça Sete! Quem sabe vocês perguntam para o maluco dos ETs se há corrupção nas obras da Copa de 2014? — o Silviano gritava, a ponto de atrair a atenção dos colegas na redação, que erguiam os olhos para a sala de vidro.

Mesmo sem dizer nada, eu exalava impropérios. O Silviano parou de falar, me encarou nos olhos e mandou eu mudar de atitude.

— Henrique, você fez merda, você desfaz. Volta com esses focas para a apuração. Vocês só pisam na minha sala de novo quando aprenderem a fazer jornalismo. Agora podem ir, que tenho que ligar para o senador e pedir desculpas. Vocês acham que eu gosto disso? Ter que pedir perdão pra canalha?

Saímos da redação, pegamos um táxi na Avenida Getúlio Vargas e fomos para o Maletta. Ficamos numa mesa na varanda do segundo andar, na esquina da Rua da Bahia e de frente para um prédio em tom de areia que lembra uma igreja gótica e recebe dezenas de sinais da cruz de pedestres, mas é museu. De pé, inquieto e olhando para a torre e para os vitrais coloridos do falso templo, eu esbravejava. Juntei o nome do Silviano com todos os palavrões possíveis, e isso me transformava numa atração para outros clientes e funcionários do bar, que me olhavam num misto de curiosidade e repugnância. A Gabriela seguia muda, e o Henrique insistiu para que eu me sentasse.

— Porra, Henrique, depressão não torna uma fonte menos confiável. O jornal tem um monte de repórteres com o mesmo diagnóstico. Depressão não é sinônimo de loucura, puta merda, isso não tem sentido nenhum.

— Eu sei, Rafa. Mas você está se esquecendo da luta política por trás da pauta.

— E daí que o Arcanjo tem depressão? A gente tinha que estar discutindo outra coisa: por que ele mudou de versão? O que fizeram com ele?

— Se dependesse de mim, a gente divulgava a gravação e bancava a pauta, mas não adianta.

— Vou postar a gravação no meu Facebook então. Foda-se, quero ver o Silviano negar tudo publicamente.

— Você quer ser demitido? Tem uma coisa que se chama hierarquia. Esquece, acabou. Não quero que vocês sequer procurem o Arcanjo mais, tá bom? A gente teve sorte, por muito menos outros colegas já foram demitidos.

— Você acha que isso ainda pode acontecer, Henrique? — perguntou Gabriela.

Ele tomou um gole da cerveja, pensou por uns segundos e confirmou com a cabeça. Da mesma forma que os textos publicados no portal seriam retirados do ar só depois de algumas semanas, para que a guinada repentina não chamasse atenção, nós três poderíamos ser demitidos ao longo dos próximos meses.

— Eles nos incluem no próximo passaralho. Aí não deixam abertura para discussão, processo, para nada. Alegam que foi corte de gastos e pronto. É sempre assim.

Passaralho, a palavra mais temida nos jornais brasileiros. Tem som de revoada repentina, de árvore que tomba no meio da noite e causa o bater apressado de milhares de asas, o voo coletivo e inesperado em busca de uma nova casa. Por trás da desculpa do corte de gastos, escondido pela cortina da crise e pelo desemprego de tantos, todo passaralho guarda outros palavrões: censura, abuso e assédio. É o momento usado pelos chefes para substituir mão de obra experiente e cara por profissionais mais baratos, para se livrar dos indesejáveis sem causar alarde, mantendo assim o controle do jornal e a apatia da equipe. Eu e a Gabriela tínhamos sido contratados semanas após o último passaralho. Agora, éramos nomes prováveis da revoada seguinte.

— Pode não acontecer nada, mas atualizem seus currículos — completou Henrique.

18

Belo Horizonte, 30 de novembro de 1993

Rosângela,

Esta é uma carta feliz. Eu te falei que encontraria um caminho, mas a verdade é que foi Ele quem me encontrou. Eu zombava da beatice da mãe e da tia, lembra? Até que uma amiga, mãe de um coleguinha do Rafa, me levou à igreja dela, e ali o milagre aconteceu. O diabo se revelou, e Jesus me curou. Fui ao templo por desespero, voltei por esperança, fiquei pela salvação.

Eu estava possuída, prima. Dominada pelo diabo, que destruiu meu casamento. Ele me colocou contra o meu marido, falou palavras de ódio e ciúme em meu ouvido, me fez acreditar em boatos e jogou um exército de milhares contra mim. Não era eu quem rasgava as camisas do Rodrigo; não fui eu quem ateou fogo aos documentos dele. Nem quem quebrou pratos e copos; destruiu a casa e quase demoliu as paredes de tanto bater com a cabeça nelas, para o desespero dos meus filhos. Quem fez tudo isso foi ele, Rô. Agora minha fé me libertou, e o inimigo caiu por terra.

Deus revelou que tem um plano. Eu serei a porta de entrada para Jesus na nossa família. Por meu intermédio, ao contemplarem o poder de libertação de Cristo em minha vida, todos encontrarão o caminho da verdade. Por isso que eu te escrevo, prima: para dar o meu testemunho de fé. Eu estava abandonada, sem marido e sentindo meus filhos distantes de mim. Estava pronta para morrer. Agora estou viva, saudável e feliz, certa de que tenho o marido de volta, que isso já se realizou, é só esperar o tempo de Deus, porque minha fé é grande, e Ele é fiel.

Tenho encontrado resistências de toda parte, é verdade. Jesus disse: "não vim trazer paz, mas espada. Porque eu vim colocar em guerra o homem contra seu pai, a filha contra sua mãe, e a nora contra sua sogra; e assim os inimigos do homem serão os da sua própria casa".

Minha mãe, meu irmão e até o meu pai se levantaram contra minha fé, e isso só prova as palavras de Jesus. Minha mãe chama meu livramento de lavagem cerebral e ameaça tirar de mim a única coisa que eu jamais aceitaria perder, que são meus filhos; ela entra na igreja e descarrega acusações irreais nos pastores. Ela os calunia, incessantemente. Os acusa de perseguições, ataques, crimes. Eu pergunto: mãe, por que o pastor iria querer me afastar de você? Por que o bispo destruiria nossa família? Por que um crente faria essas coisas? Isso é tudo preconceito, mãe. Minha fé é amor.

Mas ela não entende, não percebe que é o diabo que a atiça. Ele conta mentiras no ouvido de minha mãe e enche a cabeça dela de paranoia. Eu sei porque foi assim comigo, prima. Por isso não guardo raiva, só esperança; não reajo, oro mais e aguardo pela revelação divina. A felicidade é certa, e a vitória é garantida.

Vou criar meus filhos na igreja. Me ponho de joelhos e peço para que um dia você entenda o chamado da fé, prima querida. Saiba que Jesus está de braços abertos para te acolher, sempre que você precisar. Terei o maior prazer em te falar mais sobre isso, caso seja de sua vontade. Por enquanto, apenas peço que você não acredite nas mentiras que a família conta sobre mim.

Não, eu não enlouqueci, apenas escolhi uma fé diferente da familiar. Não sofri lavagem cerebral, só encontrei a felicidade e silenciei, de uma vez por todas, as vozes diabólicas em minha cabeça. Você certamente ouviu dizerem que eu parei de tomar as drogas que aquele psiquiatra me impôs, mas elas nunca me fizeram bem. Eu era uma mulher lobotomizada que só queria dormir. Vivi uma experiência científica que não resolvia os meus problemas, apenas os dos outros, que assim paravam de se preocupar comigo. Isso é tratamento? É tranquilidade? Para quem?

Hoje, com Cristo, estou feliz. Para a felicidade completa falta pouco, mas Deus não tardará.

Um beijo carinhoso da sua prima e amiga,

Laura.

19

Insisti que a Gabi fosse para minha casa, mas ela disse que queria ficar sozinha e preferiu pegar carona com o Henrique. Por uma hora, eu caminhei sem rumo pelo Centro até que parei na Praça Floriano Peixoto, onde esperei pelo ônibus SC01a. Não desci no meu ponto e permaneci no veículo enquanto ele dava voltas na Avenida do Contorno. Passei três vezes pelo Tobogã e vi Vó Diva fechar a janela da sala e Mariana acender as luzes do quarto; vi o Stadt Jever abrir as portas e o começo do movimento nos bares da Savassi. Ao passar pela Sapucaí, vi surgirem a cúpula do cemitério do Bonfim e os casarões históricos do Bairro Lagoinha. Eu ainda estava no ônibus quando a cidade virou um pisca-pisca de prédios e janelas, quando o burburinho da hora do rush aumentou e também quando começou a diminuir. Desci quatro horas depois que entrei, num ponto próximo à rodoviária.

Enquanto rodava por Belo Horizonte, pensei em minha mãe, do amor ao catatonismo, da paranoia à fé. Fui transportado para memórias que eu tinha bloqueado há anos e me lembrei do dia em que meu pai saiu de casa e uma família se rompeu. Mamãe me deu um beijo, disse te amo, filho, nunca se esqueça que amor de mãe é eterno e que eu vou estar sempre com você, com todas as forças, mas não aguento mais tanta traição. Trancou-se no banheiro enquanto eu batia na porta, chorava e batia, esmurrava a porta de madeira com minhas mãos pequeninas de criança.

Peguei o telefone, disquei o número dos meus avós paternos, o único que eu sabia de cor. Liguei uma, duas, cinco vezes, mas ninguém atendeu. O telefone ficava num daqueles móveis antigos, assento e mesa conectados, com lugar para guardar as agendas, cadeira de telinha e toda a estrutura em madeira. Peguei a agenda e busquei por outro número. Tio Paulo, a mamãe tá trancada no banheiro, o papai saiu, eles brigaram de novo. Vem aqui, por favor, vem aqui. Continuei batendo na porta e chorando enquanto meu tio não chegava, e o banheiro respondia com um sossego assustador. Eu abri o portão quando a campainha tocou, eu acendi as luzes da casa já escura para receber meu tio. Quando veio a sirene, minutos depois, ele falou: corre lá, abre. Chegaram os bombeiros. Minha mãe caída, azulejos azuis e piso frio, tudo frio. Ela vai ficar bem, Rafa, prometo. Vi minha mãe ser levada desacordada para a ambulância, os vizinhos reunidos no portão da casa, ouvi a sirene tocar e o veículo sumir num começo de noite.

A memória então me guiou para a casa dos meus avós, onde eu cheguei chorando, me debatendo e brigando. A Mariana me olhava sem entender nada, e meu avô e meu pai discutiam. Os dois saíram juntos, e eu fiquei, minha vó dizia que estava tudo bem e que eu tinha sido um menino corajoso. Hoje sei que não foi coragem, mas medo.

Eu estava imerso nesses pensamentos quando desci do ônibus e o trocador brincou: achei que você ia morar aqui, moço. Pensava em todas as tragédias familiares — as que aconteceram e as outras, aquelas de que escapamos por pouco. Subi a pé a Avenida Afonso Pena, passei pela Praça Sete e segui até a Rua dos Tamoios. Ao olhar para cima, vi o Oliveira na varanda do sétimo andar do Edifício Acaiaca. Ele tinha um cigarro na boca e encarava a carranca indígena na fachada do prédio, uma das duas enormes efígies que há oitenta anos vigiam o centro de Belo Horizonte e cujos olhos ficam a poucos centímetros do escritório do detetive particular. Alcancei o Viaduto Santa Tereza com seus sucessivos postes vermelhos e vincados de luminária dupla. Um caminho de todos os dias, o velho parapeito de concreto que revela o rio de carros e trens que flui abaixo. Eu olhei as luzes dos faróis, semáforos e prédios; tentei não ouvir as buzinas e o barulho do trem.

De novo, assisti a você se deitando na rodovia áspera, decidida a pôr um fim em quem te maltratava, te destruía e fazia sofrer. Vi você fechar os olhos e orar, lágrimas que escorriam felizes pelo fim de tanta dor, mas desesperadas pelo começo de toda a ausência do mundo. Eu estava lá quando os faróis se aproximaram, quando vieram os gritos, os seus, os do motorista e os meus, quando você respirou e pensou pela última vez.

Veio o horror de um dia não conseguir ignorar uma voz ditatorial que surja de repente em minha cabeça e ordene a repetição do destino, o abraço a essa possível genética, a loucura como herança. Caí de joelhos e chorei agarrado ao parapeito, incapaz de me colocar de pé, como se só olhar para baixo fosse gatilho suficiente, como se só pensar fosse o primeiro passo para te seguir. Tentei caminhar de joelhos e de olhos fechados. Pensei em me levantar e correr, em fugir dali, mas cadê aquela suposta coragem que eu tive aos seis anos? Adulto, eu era só pavor. As pessoas passavam por mim com pressa, desviavam como se eu fosse um bêbado. Um homem até perguntou se estava tudo bem comigo, mas foi embora quando não consegui responder. Até que apareceu a Dona Lourdes, que carregava duas sacolas de supermercado. Você está passando mal? Por que está chorando? Calma, respira fundo, você não vai morrer, é só um problema de ansiedade. Vem cá, me dá sua mão, se precisar, fecha os olhos que eu te guio.

Foi de mãos dadas que atravessamos o viaduto, eu tateando o começo dos arcos e as pilastras com a mão livre e sentindo o tremor da estrutura toda vez que passava um ônibus. Dona Lourdes me levou para casa, me deu um comprimido de Alprazolam e um copo d'água. Ela alimentou os gatos e perguntou se eu queria chamar ajuda. Liga para sua namorada, um amigo, sua mãe. Pede para alguém vir aqui cuidar de você, mas não fica assim, isso é normal. Todo mundo já sentiu isso, aconteceu comigo quando fiquei viúva. Dá uma angústia danada, um suor frio, né? Palpitação, tremedeira, coração acelerado, certeza de que a gente está morrendo. Percebi seu medo assim que te vi lá no viaduto, é uma coisa terrível!

Por insistência dela liguei várias vezes para a Gabi, que não atendeu. Quem me ouviu foi a Mariana, depois o Pedro, em seguida meu pai. Eles queriam que eu fosse a um hospital, mas falei que precisava dormir e esquecer aquilo. Só não queria ficar sozinho. Eu tinha medo de você, mãe. Desse tanto de você que sobrevive em mim. Naquela noite o meu pai dormiu comigo, Quincas e Zelda entre a gente.

Não fui trabalhar no dia seguinte. Nem no próximo, ou na outra semana, no mês inteiro. Gostaria de poder dizer que fiquei de cama porque acordei com febre e dor de cabeça, a exata versão que a Gabi deu para os chefes naquele primeiro dia, quando soube do que tinha acontecido. A verdade é que faltei ao trabalho porque amanheci paralisado e com as mãos cruzadas em frente ao rosto, proteção contra um choque iminente. Eu murmurava sem parar a mesma frase, algo que eu tinha ouvido da boca de minha mãe anos antes e que minha vó e meu tio reconheceram assim que entraram no quarto, ao serem avisados por meu pai. Travado naquela posição bizarra, me transformei numa massa humana que se perdia no tempo, e no fim da manhã o corpo fez o trabalho que a mente não queria, empesteando o quarto com um odor que não saía nem com a janela escancarada. Foi aí que o desespero familiar soou de vez. Carregaram-me para o banheiro, me limparam, trocaram minha roupa e desistiram de esperar pelo psiquiatra que Tio Paulo havia chamado. Levaram-me ao Felício Rocho, onde entrei direto para a sala de alto risco. Fui colocado numa maca e deslizei para a máquina de tomografia; fiz exames para detectar um possível acidente vascular cerebral ou outros problemas neurológicos, mas os médicos não encontraram nada. A Gabriela precisou ser acalmada pelo meu pai, enquanto minha avó e meu tio conversavam com uma psiquiatra. A médica falou uma palavra incomum e desagradável, mas velha conhecida da família: catatonia. Inerte e sem o controle do meu corpo, eu era como o ídolo de barro do Salmo 115: tinha olhos, mas não via; tinha ouvidos, mas não ouvia; tinha nariz, mas não cheirava.

— Pode não parecer, mas ele está consciente. A catatonia impede o movimento e faz com que a pessoa trave e fique horas ou até dias em posições estranhas e que parecem impossíveis de tão dolorosas.

— Tipo a que ele estava quando chegou aqui — falou meu pai.

— Isso se chama flexibilidade cerosa. Parecia que ele estava tentando se proteger de algo, né? Por isso as mãos na frente do rosto. Quando forçado para a posição normal, o paciente aceita e fica nela — explicou a médica.

— Tem tratamento? Ele tem alguma doença mental? — perguntou Gabi, que estava abraçada à Mariana.

— Sim. Em poucos dias ele vai estar normal, mas é preciso acompanhamento psiquiátrico. Não basta medicar, temos que entender o que causou isso, já que a catatonia é sempre secundária. Pode ser muita coisa: depressão severa e transtorno de ansiedade generalizada, que são mais comuns, ou até esquizofrenia e transtorno paranoide.

— Ele não é louco! — reclamou meu tio.

— Só falei algumas possibilidades, por isso é preciso investigar — respondeu a médica. — Que frase é essa que ele não para de murmurar? — completou.

— "Ele é o seu auxílio e o seu escudo". É um Salmo. Minha irmã também teve um episódio catatônico e falava sem parar o mesmo versículo — respondeu Tio Paulo.

Sentada na cadeira, minha avó acompanhava tudo, seus olhos perdidos na janela do quarto.

20

Fiquei três dias internado no Felício Rocho e tive alta após a psiquiatra entender que eu não era um risco para mim e outras pessoas. Ela receitou olanzapina e sertralina, uma combinação de antipsicótico e antidepressivo, e orientou que minha família acompanhasse de perto as primeiras semanas do tratamento.

A Mariana pediu folga no estágio, largou as aulas e passou quinze dias morando comigo. Meu pai também ia diariamente, assim como a Gabriela, que quase sempre dormia lá, mas não podia tirar licença do trabalho por medo de que essa fosse a justificativa que faltava para a demissão.

Eu precisava ser arrastado do quarto para o banheiro, do banheiro para a sala, como um cachorro que é levado ao quintal duas vezes ao dia. Lá vem mais uma colherzinha, abre a boca, Rafa, por favor. Agora vamos tomar banho, filho. Deixa que o pai te ajuda. Minha irmã conta que a pior parte da crise durou nove dias, duzentas e dezesseis horas, até que eu me levantei da cama sem ajuda, até que fui ao banheiro por conta própria, até que eu voltei a falar.

Quando isso aconteceu, meu pai me acompanhou na primeira consulta com a psiquiatra.

— Como você está se sentindo, Rafael?

— Cansado e com sono. A boca seca também me incomoda.

— Você sabe por que foi internado?

— Sim. Me lembrei da minha mãe.

— Com a medicação nós controlamos a crise, mas preciso entender o que causou o problema. Você perdeu sua mãe recentemente, certo?

— Já tem um ano e meio.

— Você acha que isso é muito? O luto é um processo que leva anos, e você não tem obrigação de estar bem só porque o tempo passou e as outras pessoas seguiram em frente. Como você se sente sobre isso?

— Eu sinto medo.

— Por quê?

— Doutora, eu tenho o mesmo que minha mãe?

— Nós não sabemos o que sua mãe tinha.

— Ela foi internada num hospital psiquiátrico nos anos 1990. Acho que falaram em transtorno paranoide — disse meu pai.

— Pois é, você acha, não tem certeza. A Dona Diva e o Paulo também comentaram isso, mas ela até questionou esse diagnóstico. Fora que o hospital em que a mãe dele foi internada nem existe mais: fechou por causa da Luta Antimanicomial. Foi um escândalo, descobriram coisas horríveis que eram feitas com os pacientes, teve médico que nunca mais trabalhou.

— Então minha mãe não tinha nada?

— Eu não tenho como responder. Não a conheci, não sei quem foi o médico que a tratou, e os relatos que vocês dão sobre isso são imprecisos e contraditórios. Entender o histórico da sua mãe e da sua família é importante, mas nosso foco aqui é você. Você é o paciente, não sua mãe.

— Doutora, eu li que a catatonia... — meu pai interrompeu a fala e olhou para mim. — Que a catatonia é uma síndrome causada pela esquizofrenia.

— No século passado os médicos achavam que todo paciente com catatonia era esquizofrênico, mas isso mudou. Hoje sabemos que a maior parte dos casos é causada por transtornos de humor, principalmente depressão. Rafael, uma coisa a gente sabe sobre sua mãe: ela nunca teve acompanhamento. Depois que saiu do hospital, largou os remédios, não procurou outro médico e nunca fez terapia. Esses erros você não vai repetir, combinado?

Desde então, faço acompanhamento psiquiátrico e terapia, tomo meus remédios e tenho me mantido são — nunca mais tive um episódio catatônico, e a médica garante que estou progredindo bem. É a este diagnóstico que eu me agarro para seguir em frente: de que não estou fadado a repetir os passos familiares e meu destino não é ser mais uma repetição de meus antepassados. Mas minha mãe, será que estava? Até lá atrás, quando ela tinha a mesma idade que tenho hoje? Um paranoico jamais será capaz de perceber o começo dos sinais, que podem ser só pequenos gestos, brigas e traições — circunstâncias que estão presentes e são normais na vida de qualquer pessoa.

Minha mãe não notou os próprios sintomas e não percebeu quando a doença a controlou; os poucos amigos dela também não. Nem os pastores da igreja, os vizinhos ou meu pai: para todos eles, minha mãe era apenas uma pessoa que não conseguia lidar com sua cota de sofrimentos — mas quem consegue? Por via das dúvidas, pedi que todos os meus parentes e amigos ficassem de olho em mim e tomassem medidas caso minha sanidade começasse a falhar.

21

No dia da internação minha família recebeu um atestado médico com o CID F32.2, número da classificação internacional de doenças para episódio depressivo grave. Fui afastado do trabalho por dois meses, o que gerou muitas fofocas na firma e algumas visitas lá em casa, permitidas somente quando eu já estava melhor. O Henrique foi um dos primeiros. Ele me encontrou sentado na varanda, com o Quincas em meu colo e a Zelda deitada no parapeito. Henrique contou sobre o jornal, um assunto que a Gabi vinha evitando.

— O Silviano está morrendo de medo.

— Medo de quê?

— De você processar o jornal. Ele teve várias reuniões com o departamento jurídico e me procurou algumas vezes, sempre querendo saber como você está.

— Que pena.

— Você não sabe quem esteve lá no jornal. A Gabi te contou?

— Não. Quem?

— O senador. Chegou de helicóptero e foi direto para o andar do presidente. Depois, teve uma longa conversa com Silviano. A rádio-peão diz que ele está mediando um acordo publicitário com um empresário de Araxá.

— Henrique, para de falar de trabalho! A licença dele é para esquecer esses assuntos — disse minha irmã, que retornava do supermercado.

Quando finalmente voltei a trabalhar, fui recebido com um misto de pena e olhares ríspidos, tratamento idêntico ao que tive logo depois da morte de minha mãe — algumas pessoas me abraçaram e ofereceram acolhimento, várias fingiram ignorar o assunto, e houve também os que optaram pelo sarcasmo.

— Tão dizendo que a censura deixou ele assim, cê viu?

— Que coisa triste, né? Tão jovem e tão sofrido.

— Olha, eu tinha achado aquelas reportagens esquisitas, era meio improvável um furo desses na mão de gente tão novinha.

— Furo nada! Era tudo mentira, e nessa quase destruíram a carreira do senador e o jornal. Colocaram todo mundo aqui em risco de passaralho.

— Mas algum fundo de verdade tem. Ou ele não teria sido ameaçado.

— Ameaçado? Ele ficou sem cara de voltar pro trabalho, isso sim. Aí deu uma sumida. Tipo esse atestado médico aí. Ouvi dizer que o CID era o Z76.5. Ele ainda vai ser demitido por justa causa.

Eu ouvia os cochichos e compreendia algumas palavras, deduzindo o teor das conversas. Às vezes, eu me sentia culpado por julgar meus colegas sem ter certeza do que diziam de mim, mas logo o que era sussurrado virou piada. Quando eu passava, falavam baixinho: maluco. Esse virou meu apelido, e eles nem disfarçavam mais.

A Gabriela não escondeu o alívio de me ver de volta, mas logo eu percebi algo diferente nela.

— Me candidatei a outro emprego, Rafa. Não dá pra ficar aqui.

A busca da Gabi deu frutos. Um mês depois do meu retorno, ela contou que tinha sido chamada para fazer parte da assessoria de um deputado federal, em Brasília. O Henrique iria junto.

— É um político do partido do senador e que era suplente, mas que agora vai assumir a cadeira. O Henrique foi chamado para chefiar a assessoria de imprensa. Ele só pode levar uma pessoa, por isso me convidou. Tá morrendo de medo de você se chatear, já disse várias vezes que queria te levar também.

Não escondi a mágoa de ver minha namorada ir embora para outra cidade e também me incomodei por não ter sido cogitado para essa única vaga disponível. Um incômodo só menor que a revolta que senti ao saber que eles iriam trabalhar para o mesmo grupo político que tinha nos custado tanto. A Gabriela defendeu o Henrique.

— Ele até sugeriu que a gente escolhesse no par ou ímpar, mas como eu falo disso com você em meio a tanta coisa?

— Porra, Gabi.

— Que foi?

— Você pergunta com essa cara? Você decidiu por mim e usou minha saúde como desculpa, Gabi. Você e o Henrique, que preferiu te levar.

— Rafa, eu tinha que decidir na hora ou perderia a oportunidade. Fora que você não tá em condições de se mudar de cidade e ficar longe da sua família.

— Perder essa oportunidade seria tão ruim assim? Olha pra quem você vai trabalhar, Gabriela!

— O cara é do mesmo partido, mas não tem ligação com essa história. Nunca foi político e era colega de faculdade do Henrique, por isso chamou ele, são amigos há anos.

— Não concordo de jeito nenhum, mas tudo bem. Deixa pra lá.

— Rafa, você tá puto porque não conseguiu a vaga ou chateado porque eu vou trabalhar pra esse deputado? Não dá pra brigar por causa das duas coisas.

— Tô puto com as duas coisas! Sei lá, Gabi. Eu não queria essa vaga, mas também não quero ficar aqui. Não quero que você vá embora.

— Então pede demissão e vem comigo. Tenho certeza de que você consegue um emprego lá.

— Não sei. Não sei se quero e acho que não consigo. Desculpa, tá? A vida é sua e você faz o que quiser.

— Você tem seus próprios problemas para resolver, amor. Eu vou e garanto o emprego. Um dia, quando você estiver melhor, decide se quer procurar alguma coisa lá. Assim pelo menos um de nós vai ter salário, e eu te ajudo até você achar algo em Brasília.

Gabi e Henrique pediram demissão juntos, numa sexta-feira, e receberam uma festinha dos colegas. Bêbado, o Henrique me abraçou diversas vezes ao longo da noite, sempre pedindo desculpas por separar o casal. Na segunda-feira seguinte a Gabriela já estava em Brasília, e no começo a gente se telefonava diariamente. Ela me contou a sensação de ver pela primeira vez a Esplanada dos Ministérios, de entrar no Congresso Nacional com um crachá de funcionária e acompanhar os debates no plenário. A vida em Brasília, circulando pelos corredores do poder, era um sonho realizado para a Gabriela, que passou a ganhar bem.

— Tô muito feliz por você, de verdade. Assim que se instalar me avisa, que vou te visitar.

— Vem mesmo, tô com saudade, Rafa.

Aos poucos, nossas ligações escassearam, e as mensagens desapareceram. A relação acabou do mesmo jeito que começou: sem que a gente conversasse sobre o que tinha acontecido.

Foram mais quatro meses no jornal, todo esse período esquecido no horário da madrugada, até que meu nome apareceu na lista de cortes, junto com oito jornalistas e também colegas de outros setores. Não tive festa de despedida — trabalhei normalmente e, no final do meu horário, fui chamado no RH. A conversa demorou cinco minutos. Quando saí, deixei meu crachá e a carteira do plano de saúde. Um segurança apareceu com minhas coisas e perguntou se estava tudo ali. Depois de conferir, agradeci e fui embora, minha vida profissional dentro de uma pequena caixa marrom.

Sem ter o que fazer, eu passava os dias dormindo e só me levantava para alimentar os gatos e limpar a caixa de areia. As sessões semanais de terapia e o uso do antidepressivo ajudaram a controlar a aflição, mas, à medida que os meses passavam, eu percebia a preocupação crescente nos rostos de meus familiares. Medo do fim do seguro-desemprego e do fundo de garantia, do meu tédio forçado, da solidão, da frustração e da falta de dinheiro que se avizinhava. Como ele vai pagar as contas? O aluguel? Ele não pode ficar tão sozinho assim. Talvez seja melhor entregar esse apartamento e voltar a morar com a gente. Bom que você me faz companhia, filho! Volta pra casa! Ou vai morar com sua avó e sua irmã, quem sabe?

Fiz diversos currículos e distribuí em todos os veículos de comunicação de Belo Horizonte, mas nunca recebi sequer um convite para entrevista. Eu era jovem e já tinha assinado matérias de capa de repercussão nacional, mas todas as redações da cidade conheciam minha história. A Mariana sugeriu que eu fosse para Brasília, e minha família não compreendia por que meu relacionamento tinha acabado. Você está desempregado mesmo, é sua oportunidade de recomeçar em outro lugar. A Gabriela é tão legal, tenho certeza de que ela vai te ajudar e vocês ainda vão ajeitar as coisas.

Por indicação do Pedro, consegui um frila para gerenciar o Facebook de uma escola de idiomas, o que abriu outra porta para mim. Como aconteceria com muitos colegas nos anos seguintes, o emprego de carteira assinada num veículo de comunicação foi substituído por vários serviços para diferentes clientes, de restaurantes que precisam de conteúdo para as redes sociais a executivos de multinacionais que contratam um ghostwriter para escrever posts virais no LinkedIn. Fiz um CNPJ e virei empresa de um homem só. Ocasionalmente eu frilava para sites, que pagavam pouco e com atraso, mas assim consegui escrever reportagens para veículos de outros estados que não tinham equipe em Belo Horizonte. Participei da cobertura das Jornadas de Junho, manifestações que pararam o Brasil em 2013, e também da Copa de 2014. Se antes eu reclamava de trabalhar em finais de semana e feriados, a pejotização do jornalismo implodiu conceitos como horário de expediente, hora extra e salário.

Após a formatura, Mariana resolveu fazer um intercâmbio na Irlanda. De malas prontas, minha irmã me esperava no jardim de

Vó Diva, que me recebeu com um beijo. Mari, estamos atrasados, vamos. Coloquei a bagagem dela no porta-malas, dois colossos de trinta e dois quilos e também uma mala de mão. Quanta coisa! Você pretende voltar um dia? Ou a mudança é de vez? Minha irmã deu um abraço choroso na vó, e entramos no carro. Da janela, acenamos para Dona Diva, que estava parada no portão entreaberto, cabelos prateados empurrados pelo vento.

— A vida me ensinou a sempre olhar com um tom de despedida — disse minha irmã.

— Eu sei. Foi ali que eu vi a mãe pela última vez, acenando quando eu me despedi, antes da minha viagem. Estavam vocês três juntas, lembra?

Nos despedimos em frente à sala de embarque do aeroporto.

— Me liga, Mari. Conta tudo, as coisas incríveis que você vai ver e fazer. Eu quero ser parte, tá? Tô aqui te esperando, você vai me fazer uma falta danada, mas tô feliz demais por sua coragem.

A Mari me abraçou por quase um minuto, pediu que eu me cuidasse, ficasse bem e não me isolasse. Toma os remédios, ou eu volto lá da Irlanda e te dou uma surra, tá ouvindo? Quem sabe você não vai me visitar? Você consegue trabalhar de qualquer lugar mesmo, olha a oportunidade! Eu quero, Mari, mas ainda não consigo. Fico em pânico só de pensar em entrar nesse avião e estar longe daqui. Ela chorou quando eu disse que a mãe estaria orgulhosa da filhota. Vi minha irmã se afastar, mostrar a passagem para o fiscal e entrar na sala do raio x, depois de olhar para trás uma última vez. Fiquei mais alguns minutos no aeroporto, parado em frente ao embarque internacional.

22

Eu vi o Arcanjo outra vez. Encontrei-me com ele por acaso na Praça Sete, dois anos depois da minha saída do jornal. Ele jogava Damas com um grupo de idosos quando me reconheceu. Disse que soube da minha demissão, perguntou da Gabriela e lamentou quando eu falei que não tinha mais contato com ela. Convidei o Arcanjo para tomar um chope no Café Palhares. Andamos até a portinha do bar e esperamos por dez minutos na fila à direita. Sentados lado a lado no balcão em U, pedimos dois chopes e duas doses de cachaça. O Arcanjo pediu também um kaol, PF com arroz, farofa de feijão, linguiça, couve refogada, torresmo, molho de tomate e ovo frito. Eu preferi a bochecha de porco com molho de vinho tinto, purê de beterraba e vatapá de banana da terra.

— Eu nunca menti pra vocês. Tudo que falei é verdade, mas é impossível lutar contra essas pessoas. Eu não tive escolha, fui ameaçado.

— Eu também. Recebi um monte de ligações anônimas, acho que era pra me amedrontar.

O Arcanjo deu um longo gole no chope antes de responder.

— Invadiram minha casa, cara. Um homem encapuzado me agrediu, me chutou várias vezes, me bateu até com um pedaço de madeira. Ele quebrou a minha sala inteira, destruiu tudo. Colocou uma arma na minha boca. Se te ligarem, faça a coisa certa. Tá ouvindo, filho da puta? A coisa certa. Você só não morre agora porque é policial. Me deu mais um chute e foi embora. Isso aconteceu no dia em que a reportagem foi publicada.

— Puta merda, Arcanjo!

— Pois é! Eu quebrei duas costelas, o cara me chutou sem parar. Com muito custo, gritei pro vizinho, que já tinha ouvido a quebradeira e me levou ao hospital. Falei pra ele que eu tinha caído em casa, mas claro que o cara que não acreditou. Só não encheu o saco porque sabe que sou polícia, que é melhor não perguntar.

— Sinto muito.

— O telefonema veio dois dias depois. Eu estava de cama, tratando as feridas, quando a Folha me procurou. Faça a coisa certa, ele avisou. Eu não tive saída, meu amigo. Neguei tudo pra não morrer.

O Arcanjo ainda recebeu mais uma visita. Um homem o abordou na rua e disse que erros não seriam mais tolerados. Pouco depois ele foi aposentado por invalidez.

— Me tratam como louco, mas eu tenho certeza das acusações que fiz. Tanto é que outros colegas confirmaram.

Naquele dia, eu contei toda a minha história, a motivação por trás da pauta. O Arcanjo lamentou minha perda, reconhecendo a dificuldade de imaginar que um assassino possa estar por aí, solto e sem pagar pelo que fez. Por fim, ele revelou que já sabia de tudo aquilo.

— Não são só vocês que investigam a gente. Antes de dar a entrevista, eu fiz meu dever de casa, descobri tudo sobre você e sua colega. E conversei com o Oliveira, que foi quem passou meu telefone.

— O Oliveira foi um desperdício. Ele não descobriu nada sobre minha mãe.

— Ele foi um policial medíocre e virou um detetive preguiçoso, tá sempre parado no mesmo lugar. Parece mais uma das carrancas do Acaiaca.

Já era noite quando nos despedimos e ele pediu desculpa pela minha demissão. Eu disse que estava tudo bem, que nunca tinha tido raiva dele. Não posso odiar outra vítima do mesmo inimigo.

Algum tempo depois daquele encontro, o Arcanjo criou um blog anônimo e voltou a postar denúncias contra políticos, chamando atenção na internet, mas sem ser levado a sério pela imprensa. Ele foi encontrado em casa, corpo pendurado na janela, vida que se acaba em nó, pés que balançam a centímetros do chão. É irônico que o homem que acusou o governo de transformar assassinatos em suicídios tenha morrido em condições suspeitas. A família do policial, que era solitário e só tinha parentes distantes, pediu uma investigação sobre a morte dele, que também foi defendida por ONGs e até por alguns políticos, mas logo o assunto foi esquecido, outra ameaça transformada em cadáver.

Eu fui ao velório. Lá, reconheci alguns dos idosos dos tabuleiros de Damas e também policiais, rostos que eu tinha entrevistado, anos antes. Dois deles se lembraram de mim e vieram conversar, enquanto um pastor, aquele profeta que sempre batia cartão na Praça Sete, celebrava o culto com sua tradicional performance que imitava as chamas do inferno.

— O Arcanjo adorava esse cara. Sempre dizia: quando eu morrer, chamem ele para fazer a celebração — disse, em meio a uma risada triste, um homem calvo que eu tinha visto algumas vezes jogando Damas.

Assim que carregaram o corpo para a terra úmida, dei as costas e fui para casa. Penso no Arcanjo sempre que passo pelo Cemitério da Paz, um imenso jardim cercado por portões vazados e onde os túmulos são só placas com duas datas num gramado verde.

Também me encontrei com o Vagner. Eu caminhava pela Avenida Alfredo Balena, na região hospitalar, quando vi um homem descendo de um táxi. Ele estava muito magro e andava com dificuldade, amparado por uma mulher jovem. Mesmo assim o reconheci, tantas foram as vezes que o vigiei nas redes sociais, tantas foram as ocasiões em que odiei suas fotos.

Acerto o soco assim que o alcanço, mas ele não cai. Agarro-o pelo colarinho.

— O que você fez com minha mãe?

— Quem é você? Me solta!

— Eu sei que ela estava com você no dia em que morreu. Seu filho da puta, canalha de merda, velho safado. Você matou minha mãe! Destruiu uma família e jogou o corpo na rodovia. Por quê? Só isso que quero saber, por quê? Olha pra mim!

— Me larga! Nunca te vi na vida, não sei do que você está falando. Eu tô doente, não tá vendo? Você tá agredindo um homem doente, babaca. Não sei quem é sua mãe, sou casado e feliz, só tive uma mulher na vida.

A moça me bate com a bolsa, grita socorro, alguém ajuda meu pai. Uma confusão se forma, e logo dois homens nos separam. Um deles me derruba e me segura, mãos para trás do corpo, rosto no asfalto, pés que cercam, fofocam e observam.

— Você tá se confundindo, imbecil. Meu pai não é assassino.

— Ele não é o Vagner? Não morou em Divinópolis? Conheceu minha mãe na igreja, não foi? Aqui em BH, no templo da Bias Fortes, que você frequentou por anos. Eu sei que você matou minha mãe. Admite para sua filha que você sabe quem eu sou, assume ao menos isso. Você sabe quem eu sou, desgraçado.

O Vagner nega com a cabeça. A filha pergunta do que eu estou falando, e o homem que me segura no chão permite que eu me levante, mas se posiciona entre nós três.

— O que você quer ouvir? Sim, eu tive um caso com a Laura. Você não leu as mensagens? Ela terminou comigo, nunca me respondeu. Passei aquela noite num culto, em vigília e oração. Apresentei todas as provas disso pro detetive, mesmo sem dever nada pra vocês. A minha esposa estava comigo, ela confirmou tudo. Você acha que ela ia me proteger, ser escudo para encobrir crime de homem adúltero? Eu lamentei muito a morte da sua mãe, acredite, chorei por meses, eu a amava. Comecei a adoecer naquele dia, mas não tenho nada a ver com isso. Não faço ideia do que sua mãe estava fazendo em Divinópolis, talvez tenha ido atrás de mim, mas eu não tenho nada com isso. Minha mulher, minhas filhas e meus irmãos são provas disso. Todos me viram no culto.

— Foi você quem ligou pra ela naquele dia? — gritei.

— A Laura não me atendia mais. Desligava na minha cara assim que ouvia minha voz.

— Foi você?

— Quem te garante que sua mãe não tinha outro namorado? Aquela ligação pode ter sido de qualquer pessoa.

Uma viatura da polícia para do outro lado da avenida e liga a sirene, encerrando a confusão.

Meses depois desse encontro, abri um sorriso e uma garrafa de vinho quando descobri que o Vagner estava morto, enterrado e apodrecendo. Vi quando a filha anunciou o velório, no Facebook dele. Nesse dia me embebedei. Primeiro, para celebrar; depois, por causa da angústia que senti quando descobri que ele seria roído pelos vermes do mesmo Bonfim, a duzentos metros de onde minha mãe está virando pó, a duzentos metros de onde um dia eu também irei adormecer. Eternamente vizinhos e lentamente metamorfoseados numa mesma terra vermelha.

23

Belo Horizonte, 19 de junho de 2003

Rosângela, querida, mil perdões! Estou te devendo uma resposta há semanas. Mas tanta coisa tem acontecido que me falta tempo para escrever. Demorei e, pior, justo após uma carta em que você expressou preocupações. Os meninos vivem perguntando por que temos essa mania de conversar por carta. O Rafa, naquela sabedoria adolescente, diz: "e-mail, mãe! E-mail! Ou telefona, ninguém manda carta mais, isso é coisa de velho".

Mas vamos aos seus questionamentos, até porque realmente preciso conversar: pois é, o meu pai não está bem. Já foram várias cirurgias, muitas sessões de quimio e uma perda de peso cada vez mais evidente. Semana passada ele foi ao médico, que falou as palavras temidas. Metástase. Terminal. Meses. O papai aceitou. Está resignado. Resolveu aproveitar a vida e disse que não vai fazer tratamento mais. Todo dia toma um vinho, voltou a fumar e quer a casa cheia, sempre em festa.

Ele aceitou, não eu. Porque para Deus, prima, nada é impossível. O diagnóstico médico foi direto e decisivo, o que deixa o milagre como única opção. Vai acontecer, porque tenho fé e Deus é fiel. Eu me sinto péssima porque, tenho certeza, a culpa é minha. Minha vida estava caminhando tão bem: eu tinha um bom emprego, numa TV aqui de Belo Horizonte. Não era a vaga dos sonhos, mas havia oportunidade de crescer, de chegar lá. A relação com a minha mãe estava bem melhor. Ela me viu empregada, colocando dinheiro em casa, contribuindo com as contas, e parou de perseguir a minha fé. O pai também estava carinhoso, e até a relação dos dois andava melhor, sem aquele ciúme famoso dele, lembra? Tudo caminhava, prima: os meus filhos saudáveis, o salário em dia, o tratamento do pai evoluindo bem, até que o Rodrigo resolveu se casar.

Me abalou, não vou mentir. Eu luto por ele há uma década, Rô! Uma década! Me chamam de maluca, dizem que eu desperdiço minha vida numa obsessão. Insistem que eu sou bonita, jovem e livre. Que vários membros da igreja — até um pastor — estão de olho em mim. Mas se Deus me deu todo o resto, por que não me entregaria o mais importante, que é ter minha família reunida?

Às vezes, quando pensava em desistir, eu imaginava a felicidade do Rafa e da Mari quando nós formos uma só família de novo, depois de tanto tempo. A Mari, que era tão pequenininha quando tudo aconteceu, nem se lembra do pai e da mãe juntos. Meus filhos querem isso, e às vezes a fé deles é até mais forte que a minha. Era lindo ver eles orando na igreja, desde pequenos pedindo por nossa família. Certos de que o pai vai voltar e prontos para resistir a toda pressão, mesmo a que por anos veio da minha mãe. Por isso, neguei tantas tentações, me fechei a tantas possibilidades.

Orei por anos, pedindo a libertação, mas ele se casou. Como eu posso desejar o marido de outra? Foi nesse momento que vacilei, prima. Essa carta é uma confissão de culpa, um pedido de perdão que já apresentei a Deus, mas que escrevo também a você para que seja minha testemunha no juízo final. Eu pequei, peço perdão e assumo as consequências. Conheci um homem na igreja. Bonito, inteligente, rico. Quinze anos mais velho que eu, mas quem se importa? Ele está morando no interior, mas é daqui e vem sempre para Belo Horizonte. Um dia me chamou para sair, e eu, até para minha própria surpresa, aceitei. Conversamos por horas, nos beijamos e nos conectamos. Eu, que me guardava para o Rodrigo há tanto tempo, senti de novo o amor e vi que era bom. Vai ver era essa a vontade de Deus, por fim.

Me apaixonei, prima. Toda boba, toda inocente, já pensava até em me casar de novo. Sim, só com aquele primeiro encontro, só com uns poucos beijos, mas lá na igreja é desse jeito. Não tem namoro de anos: todos os caminhos levam ao casamento. Levam até demais, porque logo descobri que ele já é casado. Veja minha sina: desisti do meu amor, o pai de meus filhos, para não violar o nono mandamento, que ordena não cobiçar o marido de outra. O marido daquela lá. Só que descobri que fui enganada, que me apaixonei por um adúltero.

Você vai dizer que meu pecado foi pequeno, tenho certeza. Ou até que eu não fiz nada, que o erro foi dele. Ele escondeu a aliança. Ele escondeu a esposa. Ele escolheu trair. Tudo verdade, não fosse um porém. É que não parei de vê-lo depois que descobri. Eu, que tanto fui traída, aceitei ser a outra.

Pequei, prima, e Deus, que sabe todas as coisas, que vigia todas as coisas, não demorou a me sentenciar. Perdi meu emprego. O chefe, que antes me adorava, acreditou nas mentiras que meus inimigos falavam de mim, os colegas que me chamavam de crente maluca. Meus filhos, antes tão próximos, agora passam mais tempo com o pai do que comigo, atraídos pela ideia de uma família completa. Seduzidos pela nova mãe e pelos encantos da adolescência, nunca mais colocaram os pés na igreja. Eu não paro de receber ligações anônimas, uma voz de mulher que me xinga, ameaça, grita e desliga na minha cara. Como foi que ela descobriu a traição? Será que ele mesmo contou para a esposa?

O desemprego fez a relação com minha mãe chegar ao pior momento, ela me ofende e fala mal de mim para os outros. Quase saímos no tapa um dia desses, depois que ela entrou no meu quarto, sem bater na porta, e me encontrou de joelhos, orando. Ela me chamou de fanática, preguiçosa, excomungada... Como posso ser todas essas coisas só por escolher orar? Minha mãe arrancou a Bíblia de mim e atirou no chão o copo d'água que estava na mesa de cabeceira e que o pastor abençoava pelo rádio. Não aguentei a hipocrisia, porque ela reza todos os dias para os deuses de barro dela, naquele oratório que fica na sala e que foi meu suplício de infância. Meus joelhos ardendo, meu corpo em espasmos, e eu ali, obrigada por mamãe a orar e pedir perdão. Eu olhava a tal santa e não entendia qual era meu pecado; me assustava com o Cristo crucificado, um retalho enorme e vermelho na barriga e uma coroa de espinhos na cabeça. Chorávamos juntos, eu e Cristo! Quantas vezes minha mãe obrigou o Rafa a ficar de joelhos ali. A Mari, quando era pequena, era forçada a rezar toda manhã, assim que eu saía de casa. Você sabia que minha mãe até batizou a Mari? Foi escondido de mim, mas eu sei. Ela jurava que criança não batizada vai para o inferno e levou minha filha para aquele Padre Fernando benzer.

Pensei nisso tudo e não aguentei, me entreguei ao ódio. Fui até a sala e atirei a santa de pau oco longe, que se despedaçou inteirinha. Arranquei o Cristo da cruz, porque Ele ressuscitou e não está mais sofrendo. Sua fé é martírio e dor, mãe. A minha é amor e recomeço. Minha mãe ficou possessa e começou a rasgar as páginas da minha Bíblia. Estávamos aos berros quando o Paulo apareceu. "Vou te internar de novo num hospício", gritou, e depois não falou mais comigo. Se vem aqui, me ignora; se me vê, finge que não existo; se eu atendo a um telefonema dele no fixo, desliga sem dar oi. Ele diz que eu agredi a mãe, o que nunca aconteceu, e que eu coloco a saúde do nosso pai em risco justo num momento tão delicado, o que é verdade. Até mais do que ele pensa.

Porque, de todas as punições pelo meu pecado, ainda tem o papai. A doença, antes controlada, agora não tem tratamento. O futuro, antes esperança, não existe mais. Estou me perdendo, mas não vou me entregar, porque sei que esse é o plano do diabo, sei que pequei e peço perdão. Deus, que é amor e misericórdia, há de me perdoar, de reverter a sentença, tal qual Ezequias, assim como fez com Davi.

Estou certa de que o primeiro sinal será a cura completa e definitiva de papai: ele obterá o livramento e assim, por meio de minha fé, conhecerá Jesus. Não morrerá enquanto estiver condenado ao inferno. Porque esse é meu maior temor, prima: que o pai se vá antes de ter a salvação. Por minha culpa.

Você será testemunha de todos os milagres que acontecerão nessa família, pode escrever. Minha fé é forte, e vou prevalecer.

Um beijo enorme. Saudade de todos vocês.

Laura.

24

Foi num dia em que almocei na casa da Vó Diva, que estava ficando muito sozinha desde que a Mariana tinha ido morar no exterior. Quando abri o portão, encontrei minha avó lendo um jornal no jardim, ainda de pijama. Pedimos uma pizza e conversamos enquanto a entrega não chegava. Falamos das saudades todas, da minha irmã aos amores que não voltam mais; da falta dos almoços familiares à saudade de viver sem culpa. Conversamos também sobre o futuro, que, segundo ela, estava cheio de oportunidades para mim. Você não pode negar a vida, Rafa. Não pode abrir mão se ser feliz. Veja sua irmã e se inspire nela.

Quando a pizza chegou, metade palmito à bolonhesa e metade quatro queijos, fiz uma chamada de vídeo com a Mari, que de certa forma participou do almoço, celular encostado na parede, avatar que se senta à mesa para comer com a família, mesmo que em outro hemisfério. Conversamos sobre tudo que ela estava vivendo na Irlanda — ela começou estudando inglês e trabalhava num bar. Minha irmã já estava fora do país há dois anos e ainda não tinha data de retorno. Encerramos a conversa intercontinental quando a pizza acabou, já que a Mari tinha que ir para o trabalho. Vovó se despediu sorrindo, dizendo te amo, filha, saudades suas, quarenta e duas. Foi só depois disso, quando já estávamos sentados na sala, que a indesejada das gentes sondou o terreno.

— Não estou me sentindo bem, filho.

— Que foi, vó? O que você tem?

Vó Diva colocou a mão no peito, o rosto dela tombou de lado e o corpo ficou numa posição estranha na cadeira. Tentei acordá-la, sem sucesso, e com esforço a deitei, logo depois que liguei para a emergência. Minha vó. No chão, desacordada. Está respirando? Olhei o relógio, contando os segundos para a chegada da ajuda, e escancarei a porta para que os médicos pudessem entrar sem bater. No chão, minha avó. Orientado pelo telefone, tentei uma desajeitada massagem cardíaca, a primeira prática de um conhecimento até então só teórico. Angústia e medo a cada movimento mal executado, pânico que aumenta porque nada acontece. E minha avó no chão, desacordada. Cortando a avenida, uma sirene se aproximou. Demorou quanto tempo? Um minuto? Dois? Cinquenta? As paramédicas entraram correndo e me afastaram do lado dela. Mediram o pulso, checaram a respiração e lutaram para trazer de volta o último elo da nossa família.

— O que ela tem? Ela vai ficar bem?

— Ela tá parando. Tá parando.

Minha avó, no chão, desacordada, parando. Eu já sabia, mas ouvir tornou real. Pelo amor de Deus, faz alguma coisa, não me deixa ficar sem ninguém. A paramédica tentava a ressuscitação, lutava para que o coração voltasse a bater, para forçar a vida a continuar. Uma mão sobre a outra, dedos entrelaçados que pressionam o tórax, braços esticados que empurram o peito uma, duas, dez vezes. E minha avó deitada no chão, parando. Desfibrilador. Mãos que pressionam o tórax. Choque. Virei de costas, melhor não ver, mas vejo mesmo assim, pelo espelho. Numa fotografia na parede, minha avó e meu avô se casando. Ele com um bigodinho ralo e usando um terno escuro. Ela linda, de vestido branco e cara de vinte e poucos. Felizes pela vida que começava. No reflexo, minha avó no chão, parando. Choque. Mãos no tórax. Minha avó voltando? Neto com as mãos na cabeça, lágrimas de desespero e alegria e medo, tudo junto. Voltou. Minha avó na maca amarela, duas médicas descendo as escadas da casa e carregando uma família inteira — uma família inteira na maca amarela?

Vizinhos. O que houve com a Dona Diva, Rafael? Ela quase parou. Parou, mas voltou. Tranquei a porta e embarquei na ambulância. Vai parar de novo? Eu estava no banco da frente, ao lado do motorista, que subia a Contorno a toda velocidade. Os carros se afastavam para deixar a morte passar, os pedestres me olhavam com um misto de dó, curiosidade e impaciência pelo trânsito interrompido.

Foi aí que bateu o óbvio: não faz diferença estar longe ou perto, ser quem ouve ou quem precisa dar a notícia ruim. A morte sempre derruba tudo, implode rotinas e amores e escancara a nossa fragilidade. A gente luta, esperneia, esperneia, mas o máximo que conseguimos é atrasá-la.

Chegamos ao Lifecenter, o hospital mais próximo da casa dela, em dois minutos. Vó Diva passou direto pela triagem e foi para a unidade de alto risco, enquanto eu preenchia os documentos da internação. Liguei para meu tio, que chegou meia hora depois, e aguardamos juntos pelo pior, um boletim médico atrás do outro.

O hospital é um purgatório, entrada e saída de dois universos: a sala de visitas do paraíso e o portal do inferno. Numa ala, bebês abrem os olhos e já aprendem a chorar. Em outras, pulmões expiram, corações ultrapassam a data de validade e vidas se apagam. Dia e noite, a capela do hospital segue ativa. Ali chegam os agradecimentos e as preces; a agonia e as promessas; os milagres e as últimas confissões de culpa. Também é fácil definir a sensação de levar de volta para casa alguém que você ama e que quase se foi, tirar do hospital quem você tinha certeza de já ter perdido — é uma euforia profunda e avassaladora que te faz acreditar que tudo é possível. É a fé, finalmente, a fé palpável e concreta, tão densa quanto as nuvens de uma tempestade, tão visível como o calor que vira miragem num asfalto quente ou o vento que canta de madrugada.

Dona Diva ficou duas semanas no CTI, quatorze dias de piora e melhora um pouquinho, avança rumo à vida e retrocede em direção ao infinito. Esperança incerta que vira certeza do luto; olhos que ameaçam se abrir, mas são impedidos pela sedação. Um coração octogenário que luta, mas só para que os rins parem de funcionar, para que os pulmões passem a sangrar. Para lembrar que o cobertor é curto pra tanta pernada que a vida dá.

Avisei a Mariana no primeiro dia de internação, e trinta e seis horas depois ela estava no hospital, participando do revezamento nas visitas. Três vezes ao dia, um medo de cada vez, todos os temores juntos quando as máquinas começavam a apitar.

No décimo quarto dia, como um Cristo que voltou atrasado dos mortos, Vó Diva saiu do CTI, ainda delirando e sem entender nada, mas nós a recebemos com abraços e beijos, euforia de quem não acredita que às vezes, só às vezes, a gente vence.

— Por que você voltou, Mari? Por uma bobagem dessas? Eu tô boa, isso aqui não foi nada, você deveria estar lá na Irlanda. Voltar porque uma velha passou mal um pouquinho? Vê se pode! — ela disse, com a voz fraquinha.

— Tá doida, vó? Meu mundo inteiro é você. Meu planeta é seu colo.

Juntos, choramos pela recuperação e planejamos o que fazer com tanto amor que tínhamos para gastar, em como investir as horas extras que o destino tinha nos dado. Aproveitamos cada segundo daquele quarto de hospital e enchemos a vó de carinho. Na outra semana os médicos trouxeram mais boas notícias: a luta tinha sido longa, mas estava quase no fim. Marcaram a alta para a segunda-feira seguinte, e nos apressamos para arrumar a casa e receber a vó de volta. Planejamos uma festinha, compramos os remédios que ela tomaria a partir daquele momento, contratamos uma cuidadora e fizemos um calendário que dividia as semanas entre todos nós, para que ela nunca mais ficasse sozinha em casa, sobretudo no período de recuperação. Ela vai ter que reaprender a andar, depois de tanto tempo deitada numa cama de hospital, mas tudo bem. Vai ter que fazer fisioterapia, mas e daí? Vai precisar usar fralda, está reaprendendo até a respirar, mas o que importa é que ela está aqui. Teremos a vovó por muitos anos com a gente.

* * *

Quando entramos na casa para escolher a roupa que ela usaria, choramos mais. Os balões e a faixa de "Bem-vinda, Vó Diva" ainda lá, aguardando um retorno que não aconteceria. Vovó morreu no domingo à noite, horas antes de ter alta. A única coisa que eu conseguia pensar ao observá-la no caixão era nela cinco anos antes, sentada numa cadeira de plástico e sem sair de perto do corpo de minha mãe.

Fomos com o Tio Paulo na administração do cemitério, para entregar a declaração de óbito. Um homem idoso, bigode branco e camisa vermelha, realizava o atendimento. Ele digitou algumas coisas no computador e analisou o documento.

— A tumba de vocês está lotada. Vamos precisar fazer uma exumação. Quem da família pode acompanhar? O sepultamento mais antigo lá é o do Olinto, é o que precisa ser removido e passado para a urna.

Meu tio, que tinha acabado de perder a mãe, se perdeu ao saber que exumaria o pai. Começou a chorar, a cada segundo mais agitado, e foi levado de lá por um primo, que o acompanhou de volta para a sala onde começava o velório. Eu e Mariana seguimos os sepultadores.

Passamos por baixo do pórtico do cemitério, que é verde e tem três cruzes, duas nas laterais, grandes e vazadas, e uma no topo, menor. Ergui os olhos em busca delas. Lá estavam: *Moritvri Mortivis*. A frase em latim é uma homenagem e uma sentença: dos que vão morrer, aos mortos. Inscrita na porta de entrada do Bonfim, a última saudação dos vivos é uma lembrança do destino comum de todos nós.

Caminhamos por cento e cinquenta metros até nosso fim de mundo.

Testemunhamos os técnicos no abrir da tumba.

Vimos o caixão branco na prateleira, o caixão branco na prateleira, o caixão branco.

A remoção do outro, mais antigo, que nossa família tinha colocado ali há mais de uma década. De luvas, máscaras e macacão, os funcionários do cemitério abriram a tampa. Afastaram os insetos e separaram os restos de roupas, tecidos e pedaços de madeira, que foram jogados num saco de lixo, memória que vai para o incinerador. Procuraram por pertences pessoais que poderiam ter sobrevivido à década de clausura. Os ossos foram colocados numa caixa de metal, fêmur e úmero, fíbula e crânio sorridente, e a urna foi fechada e encostada na parede do mausoléu, onde dezenas delas se acumulavam, umas sobre as outras.

Quando os relógios marcaram cinco da tarde e com os sinos da capela carpindo sua tristeza fúnebre, o caixão de minha avó foi fechado e colocado no carrinho, que empurramos cemitério adentro. De cada boca católica, as de amigos, amigas e parentes de Vó Diva, vinha a ladainha:

"Senhor, tende piedade de nós."

O cortejo seguia devagar, sem pressa de chegar ao ponto final.

"Por Sua dolorosa via-sacra. Livrai-os, Senhor."

Passamos de novo pelo pórtico, sem necessidade de levantar o olhar.

"De todas as suas culpas. Livrai-os, Senhor."

Paramos em frente à morada final e nos preparamos para a volta das lágrimas.

"Chamai-os ao banquete do Vosso reino. Ouvi-nos, Senhor."

Os aplausos vieram quando os sepultadores instalaram o caixão de Vó Diva no mausoléu, na cama que até aquela tarde era descanso eterno do meu avô.

"Por Sua gloriosa ressurreição. Livrai-os, Senhor."

— Eu estava pensando na igreja, Mari. Nos cultos que a mamãe nos obrigou a ir, nas missas que vovó nos levou sem que a mamãe soubesse. Em todas as brigas que a fé causou entre mãe e filha.

— Eu não quero pensar em igreja nunca mais. Hoje, ainda por cima, não mesmo.

— Você se lembra daquele versículo em que Jesus disse que era a ressurreição e a vida? "Aquele que crê em mim, ainda que morra, viverá; e quem vive e crê em mim, não morrerá eternamente". Você crê nisso? — recitei, sem me importar com a negativa da Mariana em participar do assunto.

— Você crê? — ela devolveu, enquanto acendia um cigarro.

Não respondi. Os últimos repiques do sino eram abafados pelo rebuliço de maritacas em festa.

25

O luto é um sossego cheio de gritos. É calmaria após semanas num hospital, mas casa vazia de vó; é o retorno da rotina e até um certo alívio pelo fim de tanta dor, mas abafado pelos urros da ausência.

Desmontamos a casa de Vó Diva aos poucos, nos seis meses em que Mariana ficou em Belo Horizonte. Tesouros familiares foram retirados de cantinhos esquecidos, escavados de camadas de poeira acumulada. Alguns desses objetos geraram disputa justo porque longe de nós não tinham valor algum; bagunça que continuou existindo, mas agora dividida em outros lares. Muitas memórias de minha mãe também foram exumadas do fundo de armários da casa de Vó Diva, onde estavam desde sua morte.

Quando tudo estava pronto, um caminhão-baú parou na porta da casa, separando para sempre o que meus avós tinham tornado um. O Tio Paulo ficou com a maior parte; meu pai, minha irmã e o Pedro me ajudaram a levar para casa o que agora era meu.

Os gatos se esconderam no quarto enquanto descarregávamos estantes de madeira e livros, um sofá que nos viu crescer e objetos de cozinha, quadros diversos e uma multidão de plantas, alguns eletrodomésticos e caixas cheias de passado. Por fim, trouxemos o espelho, que por gerações olhou nos olhos de todos os membros da minha família. Enorme, com moldura de carvalho e instalado por sessenta anos na sala de minha vó, ele era a nossa repetição.

Coloquei vinte latinhas de cerveja para gelar, e nas horas seguintes relembramos vários dos momentos que tínhamos vivido no meu apartamento. Festas e bebedeiras, dúvidas e até algumas certezas, tanto ócio e tanta dor, tudo emoldurado pelos meios-tons do pôr do sol e pelo barulho poeirento do trem, que passa várias vezes ao dia, metalicamente. Tão preciso como um relógio, um ponteiro gigantesco que corta a cidade de ferro e carrega as montanhas de Minas. Acariciando o Quincas, a Mari recordou o período em que adoeci. Foi a primeira vez em que falamos e fizemos piada daquilo.

Também foi naquele dia que eu comecei a pensar em me mudar de apartamento. Em parte pelo preço — em seis anos, a Rua Sapucaí tinha se transformado. De lugar decadente para uma região cheia de bares e restaurantes, ponto de encontro de jovens de todos os tipos, hipsters e artistas, moderninhos e sofisticados, franjas curtinhas que não cobrem a testa e calças jeans skinny de cintura muito alta. Eu também pensava em mudar de ares para facilitar a vida. Ficar mais próximo da família que me restava, dos amigos e das memórias de infância. Quando mencionei essa possibilidade, o Pedro riu e falou que as costas dele ainda nem tinham começado a doer para já encarar outra mudança. A Mariana lamentou, argumentando que eu sairia dali no momento em que a região ficava interessante, e até meu pai concordou, embora ele sempre reclamasse do barulho e da tremedeira das janelas.

A Mariana tinha decidido voltar para a Irlanda e estava com passagens compradas para a semana seguinte. O Brasil vivia sua maior crise em duas décadas. Era o impeachment de Dilma Rousseff, processo que resultou no turbulento governo de Michel Temer e que, junto com a prisão de Lula, mais tarde culminaria em Jair Bolsonaro. O dólar tinha começado sua escalada e já beirava os quatro reais, o que deixava minha irmã num dilema: ela não via motivos para morar no Brasil; ao mesmo tempo, era cada vez mais difícil recomeçar uma vida lá fora com uma poupança que já estava guardada em reais.

— Dá medo e vontade de fugir. Voltar a ser rato de laboratório — brincou o Pedro.

— Eu nunca tive sonho de morar fora. Acho que isso é mais da geração de vocês, que cresceu na era da internet e em que estudar outros idiomas é corriqueiro — disse meu pai.

— Minha mãe tinha! Ela sonhava em viajar o mundo, então acho que isso foi uma questão sua, mesmo — falei.

— Verdade. Sua mãe era especial, mas ela também desistiu quando a vida se impôs.

— Não é geracional, pai. Isso varia de pessoa para pessoa, depende da criação, da classe social e das oportunidades — falou Mariana.

— Isso mesmo que estou dizendo, filhota. Era mais fácil para sua mãe, que tinha pai professor universitário. Assim como é mais fácil para a geração de vocês. Além de todo o desenvolvimento tecnológico, o Brasil viveu vinte anos de estabilidade e crescimento. Se isso mudar, vocês vão ter que aprender a lidar com a frustração.

— Minha mãe não desistiu, pai. Ela só não conseguiu, o que é bem diferente.

— A gente amadurece e faz escolhas, filho. O tempo passa, e nem todo sonho se realiza, é a vida.

— Aprendi isso no dia em que você me telefonou chorando, pai.

Para mudar de assunto, meu pai perguntou o que faríamos no final de semana, que seria a despedida da minha irmã. O Pedro lembrou que no sábado teria Praia da Estação, movimento criado quando a prefeitura tentou controlar o uso das praças e parques da cidade. Desafiados, os belo-horizontinos transformaram fontes e concreto em balneário e lotaram a Praça da Estação com cadeiras de praia e guarda-sóis. Combinamos um banho de mar seguido de uma ida ao Independência.

Meu pai se despediu assim que o trem das dez se anunciou, vibrando as janelas e abafando o canto do vento. Foi a deixa para o Pedro pedir carona. Depois que eles foram embora, eu e a Mari mergulhamos em álbuns de fotos antigas, missão que invadiu a madrugada. Natais, férias monótonas passadas em casa, dias de teatro na igreja ou um sábado insignificante. Minha mãe comemorando o aniversário de vinte e nove anos e batendo palmas para si mesma, apenas uma das mãos aparecendo na foto. Ela tem um sorriso no rosto e não olha para a câmera, mas para minha avó, que está à sua direita e também sorri. Em outra fotografia, meus pais jovens e felizes, a Mari no colo paterno, e eu em segundo plano, atrás dos três. Uma foto maior tinha a família inteira, todos de pé e com a casa nas costas.

— Você se lembra da briga que o Vô Olinto teve para tirar essa foto? — perguntei.

— Foi quando ele contratou um fotógrafo profissional?

— Isso! Queria que estivéssemos bem-vestidos. O Tio Paulo atrasou, e a mãe estava com pressa porque tinha que ir ao culto, o que causou uma briga com Vó Diva.

— Eu fiquei com raiva, só queria ver televisão. Você apareceu com uma camisa furada e horrível.

— Sim! Era uma camiseta velha do América, tive que trocar por uma blusa social do vovô.

— Ele ficou furioso com a gente.

Demorei a entender por que meu avô fez tanta questão de ter aquele registro. Ele estava muito magro, camisa branca solta no peito, de braços dados com minha vó e com um olhar que insinua a derrota. Os adultos já sabiam disso, mas não eu: em poucos meses seria impossível repetir aquela fotografia.

A Mari me contou uma conversa que teve com Vó Diva, pouco antes de se decidir a morar fora. Assim como nós fazíamos agora, as duas olhavam fotografias antigas, sentadas na mesma sala onde um dia Vó Diva começou a morrer, no mesmo sofá que viu meu avô definhar e que agora estava lá em casa. Minha vó falava de felicidade. Você tem que aproveitar os momentos tranquilos, Mari. O segredo da vida é ser feliz no intervalo entre as tempestades, fazer como os egípcios. Você sabia que no Antigo Egito era comum colocarem um sarcófago no meio das festas? Era para lembrar que nada é permanente e que hoje nós vamos celebrar, mas amanhã estaremos chorando.

— Vovó tentou fazer a gente seguir em frente — falei, ao ouvir o relato de minha irmã.

— Ela tinha medo de sermos como a mãe.

— Você acha que ela percebeu o momento exato em que a mãe se perdeu? Quando não tinha mais volta? — perguntei.

— Na nossa família é difícil saber em que acreditar — minha irmã murmurou.

Mariana colocou algumas fotografias na mala; outras foram parar em porta-retratos, que espalhamos pela casa, e num painel que improvisamos com barbantes coloridos, fita adesiva e pregadores de roupa. A Mari quis saber da Gabriela e falou de novo do meu ataque de pânico. Eu preferi contar do encontro com o Arcanjo, na Praça Sete, e da conversa que tivemos. Mencionei sua morte em condições estranhas e também falei do Vagner.

— Você nunca mais viu ela? Não conversam nem por mensagem? A Gabriela te ajudou tanto, Rafa. Esteve presente em momentos tão difíceis. A distância não precisa acabar com o amor de vocês, e daí que ela mora em outra cidade? — insistiu minha irmã.

— Tenho motivo para não querer contato.

— Qual? Me conta, eu gostaria de entender.

— O outro cara.

— Ela tá namorando? — perguntou minha irmã, enquanto prendia mais uma foto na parede da sala.

— Ela e o Henrique estão juntos. Dia desses, caminhando pelo Centro, eu olho para o lado, e estão os dois de mãos dadas, beijinhos e sorrisos.

— Você tem certeza de que eram eles?

— Tá duvidando do que eu vi, Mari? Eu sei o que eu vi.

— Eles nem moram em BH, Rafa.

— Uai, mas os dois têm família aqui.

— Ela não te avisou? Vocês três viviam juntos, os dois estavam sempre na sua casa.

— Nada. Quer dizer, houve uma época, alguns meses depois da mudança e quando a gente já não se falava mais, que ela me mandou mensagens. Disse que queria conversar, mas eu nunca respondi, acho que pressenti o assunto.

— Tá, e você não stalkeou? Você passa o dia inteiro no Facebook!

— Eu já tinha até bloqueado ela nessa época, não a queria como parte da minha vida. Pelo visto ela te bloqueou também, se você não sabe de nada disso...

— Eu me preocupo — disse minha irmã, agora com os olhos fixos em mim.

— Mari, isso tem três anos. Eu não sou a mãe, não vou passar a vida lamentando algo que acabou. Sofri, claro, mas segui em frente, e tá tudo bem.

— Sério que você não percebe as semelhanças, Rafa? Quem você conhece que imaginava traições delirantes?

— A Gabi não me traiu, a gente já tinha terminado.

— O pai com a prima, com a vizinha, com a melhor amiga...

— Mari, isso aconteceu. Pergunta para a Gabriela então! Eu não estou louco.

— Também achei muito estranho esse seu encontro com o Vagner. Você nunca entrou numa briga, nunca deu um soco antes. Nunca nem viu ele na vida. Como o reconheceu?

— Você achou o Facebook dele e me passou, Mariana. Vai falar que não sabe a cara do sujeito?

— Ele mora em Divinópolis e vem num médico aqui? É enterrado aqui? Tem sentido isso?

— A mãe morava aqui, mas morreu em Divinópolis. Você não mora aqui, mas está aqui agora. Qual o problema? Ou você também é um delírio meu?

— Eu não estou dizendo que é tudo delírio, Rafa. Mas, pelo amor de Deus, entenda meu medo.

— Quem tá delirando é você! Vai dizer que o Arcanjo é loucura minha também? A morte suspeita dele saiu em vários jornais, tem até página na Wikipédia. Dá um Google, é só buscar por Lucas Arcanjo.

— Rafa, eu só quero o seu bem.

— Você tá duvidando de coisas reais. Isso é paranoia!

— A paranoia é minha, Rafael? Sério? Você fala de uma troca de socos com o Vagner no meio da região hospitalar, do Arcanjo assassinado a mando de políticos e da Gabriela e do Henrique juntos, e não quer que eu pergunte nada? Se coloca no meu lugar: se fosse eu contando essas histórias, você acreditaria sem questionar? A gente aprendeu com a mãe.

— Então fala com a Gabriela, você tem o WhatsApp. Fala com o Henrique e até com a filha do Vagner, você tem o Facebook. Fala com o pai, com todo mundo, avisa os psiquiatras.

Tranquei-me no quarto para encerrar a discussão. Cada irmão foi dormir acompanhado de um gato: o Quincas se deitou comigo, no pé da cama. A Zelda optou por passar a noite no sofá-cama do quarto de hóspedes, onde estava minha irmã.

26

A Mariana ainda vive na Irlanda. Ela conseguiu um emprego que paga bem, começou a namorar um inglês e resolveu permanecer na Europa. Sempre trocamos mensagens e de vez em quando fazemos chamadas de vídeo, mas não há abraços desde o dia em que a deixei no aeroporto. Eu pergunto quando ela virá nos visitar, mas a data é adiada pela falta de dinheiro, de férias e de vontade. A Mari também insiste que eu vá visitá-la e diz que morar longe por um tempo pode me fazer bem. Nunca mais falamos sobre a briga que tivemos lá em casa, por isso deduzi que ela procurou a Gabriela, pesquisou a história do Arcanjo e ficou mais tranquila quando notou que nada daquilo era delírio meu.

Num sábado, quando estávamos de roupa de banho e estirados no concreto da Praça da Estação, falei com o Pedro sobre a vontade de visitar minha irmã. Vendedores ambulantes passavam a todo instante, oferecendo cerveja, picolé, catuçaí gelado, olha o queijinho na brasa, quem quer, três por dez, vai uma empadinha de camarão, patrão? Belo Horizonte vivia um típico dia de novembro, com calor e sol a pino, mas nuvens escuras já começavam a se formar, indicativo de chuva no fim da tarde. A praia estava cheia, com mais de uma centena de cadeiras espalhadas pelo concreto quente, muitas delas ladeadas por guarda-sóis coloridos. Crianças brincavam, se refrescando na fonte que um dia o prefeito, para acabar com a praia, mandou desligar. Os protestos foram tantos que a iniciativa durou pouco e a fonte voltou.

Meu amigo se empolgou com a ideia de visitar minha irmã, e logo eu tinha companhia de mochilão, itinerário, datas possíveis, no inverno não, que odeio frio, melhor ir na primavera. Será que a gente pode aproveitar para conhecer também a França? Eu sonho em passar uns dias em Roma. Acho que em seis meses eu consigo juntar dinheiro, uma parte eu já tenho. Ano que vem? A ideia de viajar me enchia de medo, mas amenizava uma culpa crescente por não viver as coisas que minha mãe tinha desejado.

Estávamos sentados na sombra do Monumento à Terra Mineira, uma estátua de um homem nu em cima de um pedestal. Ele ergue o braço direito e exibe uma bandeira, que casualmente tampa sua virilha, solução improvisada pelo artista para acalmar os conservadores. Em cada um dos lados do pedestal, figuras em relevo recordam os mártires do Estado. O homem de bronze olha para a torre amarela da estação de trem, e por trás dela aparece o prédio onde eu morava. Das cadeiras de praia, víamos os gatos observando a vida do parapeito da varanda, cabeças viradas para o Parque Municipal, dois pontinhos imóveis. Inspirado por vários copos de catuçaí, meu amigo provocava.

— Já parou pra pensar que a padroeira de Belo Horizonte é a santa dos viajantes? — perguntou Pedro. — Enquanto isso você vive como seus gatos: preso e lamentando a vida perdida. Em segurança, mas com saudade do passado entre as árvores do parque.

Diante do meu silêncio, ele seguiu com a argumentação:

— Essa terra foi construída por tropeiros. Tem que ter coragem e sair pra conhecer o mundo. Quando a gente voltar vai estar tudo igualzinho, garanto: a sua família, os gatos, essa praia de pedra, o seu time perdendo como sempre, os botecos servindo cerveja e fígado com jiló, feijão tropeiro voando nas arquibancadas a cada gol, a Pampulha fedida e cheia de capivara e jacaré... Não vai mudar nada. O tédio vai estar quietinho aqui, morno, aconchegante, de braços abertos pra te ninar — concluiu num tom de voz mais alto que o necessário. Ao redor, outros guarda-sóis e barracas de praia começaram a prestar atenção em nossa conversa. Feliz com a audiência conquistada, o Pedro continuou:

— Nós nascemos na terra dos Inconfidentes, Rafa. O outro nome de Minas é Liberdade, palavra que está em nossas praças, palácios e até na nossa bandeira. A tradicional família mineira te garante o direito de ser livre e feliz, como toda pessoa de bem. É só não deixar de ir na igreja domingo e nem entrar nessa pouca vergonha dos jovens de hoje, de homem com homem e mulher com mulher — disse meu amigo, gerando gargalhadas dos banhistas vizinhos.

Pode ter sido o álcool, pode ter sido porque anos de terapia deram resultado ou só porque eu envelheci e o luto foi diluído pelo tempo. Quando saímos da praia, começamos a colocar em prática o sonho e marcamos as férias, compramos as passagens e reservamos hospedagem para vinte dias na Europa, além dos dez que ficaremos na casa da minha irmã. Enquanto a viagem não chega, divido meus dias entre o trabalho, bares e encontros em aplicativos de relacionamento. O América me toma tempo, dinheiro e fé, e vou ao Independência toda semana, religiosamente. Meu pai está sempre comigo.

De vez em quando falo com o Tio Paulo, mas não o vejo. Depois da morte da Vó Diva e dos trâmites burocráticos, os encontros foram diminuindo, diminuindo, até que acabaram de vez. Essa é outra consequência do luto que só compreendemos quando é tarde demais: não enterramos apenas um morto, mas toda uma teia de relações. Os almoços de domingo em casa de vó nunca são substituídos. Tampouco os Natais e aniversários em família, que após a perda de seu eixo se comporta como os galhos de uma árvore que cresce esquecida de que um dia foi toda tronco; ramos distantes que ainda se contemplam, mas cada vez mais separados. A última vez que vi o Tio Paulo foi num cartório, para assinar a venda da casa.

— Então tá resolvido, Rafa. Agora é só esperar.

— Até mais, tio. Vamos marcar um almoço num domingo desses.

Depois que a fechamos, a casa dos meus avós viveu anos vazia, mobiliada apenas com uma placa de vende-se. Eu passava por lá com frequência e me entristecia com o vazio que tinha surgido num canto da cidade que era sinônimo do nosso amor e também das nossas brigas, tragédias, perdas, paranoias e ódios: enfim, da nossa família. Seis meses depois da venda e quando toda a labuta dos meus avós já era só dinheiro em nossas contas bancárias, dei de cara com a demolição. Eu subia a Contorno de carro e olhei para a esquerda, um virar de pescoço que ainda faço mesmo depois de tudo isso, olhos em busca do passado. Vi uma casa já sem as telhas vermelhas, com a hera morta e seca e cortada pela raiz, muro demolido e convertido em tapume azul, caçamba cheia de destroços e garagem transformada em ponto de vendas de um arranha-céu. Entre e confira: apartamentos de dois e três quartos, operários de capacetes vermelhos que desmontam minha história. Das três janelas, só os buracos na parede, espectros de vidas anteriores.

Estacionei o carro e me sentei no meio-fio, do outro lado da Avenida do Contorno. Morta, a casa aceitava em silêncio resignado o triste trabalhar do trator. Invoquei meus familiares, todos, que chegaram enquanto os carros passavam e algumas pessoas dirigiam olhares rápidos para a destruição. Memórias que se apagavam para que outras pudessem nascer, agora multiplicadas por setenta e cinco, que é o número de apartamentos que ocuparão os poucos metros quadrados que antes eram nossa gente.

Passeando com um cachorro, um idoso parou ao meu lado. O cão puxava a coleira e me cheirava curioso, agitando o rabo.

— É triste né?

— Você conhecia a família? — perguntei, depois de concordar com a cabeça.

— Era uma senhora, não me lembro do nome. Já tem uns anos que a casa está abandonada. Olha só, quem passa dá uma olhadinha, e algumas pessoas até param pra assistir, tipo você. É um funeral.

Naquele dia percebi que ando entre fantasmas. Os meus, os dos outros, e que de mim eram só conhecidos, e aqueles que nunca existiram em lugar algum além da minha imaginação. Se subo o Tobogã da Contorno, trombo com minha mãe, que desce a avenida — foram tantos encontros ali, eu voltando da aula, e ela indo para a Savassi, que é impossível não a ver. Acostumei-me a observá-la toda vez que passava em frente à casa, da janela onde, sempre sorrindo, ela tanto me viu chegar. Olho para uma esquina, e ela está ali, com meus avós. Eles aparecem na Praça da ABC, na Feira da Bernardo Monteiro, na padaria da Rua Maranhão. Na Avenida Getúlio Vargas, na Praça da Liberdade e na sorveteria São Domingos. No boteco que virou hamburgueria artesanal e no clube que hoje é supermercado gourmet — memórias de um banho de piscina entre prateleiras e mercadorias. Tantas lembranças que, confesso, por alguns anos tive medo dessa parte da cidade. Passou o tempo, mas não as aparições, que só coloquei em outra gaveta, mais feliz. Hoje, se os encontro numa esquina qualquer, logo vem um sorriso involuntário. Se vejo minha mãe caminhando em frente ao Pátio Savassi, me alegro. Melhor viver entre fantasmas do que sem eles, e os meus habitam esse pedaço de montanha enforcado pela Serra do Curral e que atende por Belo Horizonte.

No dia da demolição, só me levantei do meio-fio quando o trator começou a pôr abaixo as paredes da frente. Cheguei em casa quinze minutos depois e fui recebido pelo Quincas e pela Zelda, que desceram do parapeito da varanda, onde anoitecia. Fiz cafuné nos gatos, com os dois entrelaçados em minhas pernas e num ronronar contínuo. A campainha tocou. Era a Dona Lourdes, que queria saber se estava tudo bem comigo e foi entrando no apartamento sem pedir licença, enquanto reparava na bagunça da sala. Acho que ela começou a fazer essas visitas repentinas por estímulo da Mariana e do Tio Paulo, que assim garantem que há alguém sempre me vigiando de perto. Agradeci a preocupação e, depois que ela foi embora, fiz um café e me sentei na varanda, acompanhado dos gatos.

— O que acham da gente procurar outra casa? Vocês não vão mais contemplar o parque, mas eu tô precisando de uma mudança.

Este livro é uma ficção, mas isso não significa que os fatos narrados não tenham acontecido. Alguns deles ocorreram na vida real; outros são realidade apenas em mim. Fora da ficção, minha mãe era mesmo Laura, mas a Laura e o Rafael do livro são personagens, assim como Mariana, Gabriela, Paulo, Pedro, Rodrigo e Vó Diva.

Se no dia 9 de janeiro de 2011 minha mãe não tivesse partido de forma violenta e incompreensível, nada do que está escrito aqui existiria. Infelizmente, é nesse ponto que ficção e realidade se confundem. De minha mãe herdei um baú cheio de sonhos, dores, fotografias, utensílios de cozinha e centenas de bilhetinhos e recados. Utilizei algumas frases e pensamentos dela para escrever parte das cartas — assim, sinto que realizei o sonho dela, que agora também é escritora e tem livro publicado.

Além de minha família, devo gratidão aos amigos Everton Saulo, Luíza Antunes e Marina Borges, que se dispuseram a ler estas linhas quando a publicação ainda era improvável. Muito obrigado também às escritoras Marcela Dantés e Laura Cohen Rabelo, que foram fundamentais para que este livro tomasse sua forma final.

Na morte de minha mãe, me fiz adulto. No luto pela partida dela, fui aprisionado pelo medo. Este livro é minha libertação, e estas páginas foram um exorcismo.

Rafael Sette Câmara

nasceu em Belo Horizonte, em 1985. Formou-se em Comunicação Social pela UFMG e trabalhou como jornalista em alguns dos principais veículos de comunicação do Brasil, como TV Globo e Editora Abril. É fundador do site de viagens 360meridianos e do Movimento BH a Pé, projeto cultural e literário na cidade natal. Editou obras raras de literatura de viagem e publicou crônicas e contos em coletâneas, muitas delas tendo a capital mineira como cenário. Este é seu primeiro romance.

este livro foi editado

na primavera

de 2023